Albert Camus

L'Envers et l'Endroit

Dossier et notes réalisés par
Geneviève Winter

Lecture d'image par
Bertrand Leclair

Geneviève Winter, agrégée de lettres classiques, professeur en classes préparatoires, puis inspectrice pédagogique régionale, a publié plusieurs ouvrages sur les programmes des classes préparatoires et a dirigé deux collections de manuels de littérature pour les classes de français au lycée. Dans « La Bibliothèque Gallimard », elle a accompagné la lecture de *La Chute de cheval* de Jérôme Garcin. Dans la collection « Folioplus classiques », elle est l'auteur des dossiers pédagogiques accompagnant *Le Menteur* de Corneille et *Mémoires d'outre-tombe* (livres IX à XII) de François René de Chateaubriand ainsi que d'une sélection avec dossier de la correspondance et des scénarios de Flaubert, *Écrire « Madame Bovary »*.

Bertrand Leclair est romancier, essayiste et critique littéraire. Il est également l'auteur de fictions radiophoniques. Derniers titres parus : *Le Bonheur d'avoir une âme* (Maren Sell éditeurs, 2005), *L'Amant Liesse* (Champ Vallon, 2007) et *Une guerre sans fin* (Libella-Maren Sell, 2008), *Petit Éloge de la paternité* (« Folio 2€ »), *Malentendus* (Actes Sud, 2013).

© *Éditions Gallimard, 1958 pour le texte, 2013 pour la lecture d'image et le dossier.*

Sommaire

L'Envers et l'Endroit

Préface	9
L'Ironie	25
Entre oui et non	37
La Mort dans l'âme	49
Amour de vivre	63
L'Envers et l'Endroit	71

Dossier

Du tableau au texte	77
Analyse de *La Mère de l'artiste* de Paul Gauguin (1890)	79
Le texte en perspective	89
Mouvement littéraire : *Entre « amour de vivre et désespoir de vivre »*	91
Genre et registre : L'Envers et l'Endroit *entre essai et fiction*	107
L'écrivain à sa table de travail : *« Je sais que ma source est dans* L'Envers et l'Endroit *»*	120
Groupement de textes : *Contempler le monde : entre envers et endroit*	133
Chronologie : *Albert Camus et son temps*	
Éléments pour une fiche de lecture	157

L'Envers et l'Endroit

À Jean Grenier

Préface

Les essais qui sont réunis dans ce volume ont été écrits en 1935 et 1936 (j'avais alors vingt-deux ans) et publiés un an après, en Algérie, à un très petit nombre d'exemplaires. Cette édition est depuis longtemps introuvable et j'ai toujours refusé la réimpression de L'Envers et l'Endroit.

Mon obstination n'a pas de raisons mystérieuses. Je ne renie rien de ce qui est exprimé dans ces écrits, mais leur forme m'a toujours paru maladroite. Les préjugés que je nourris malgré moi sur l'art (je m'en expliquerai plus loin) m'ont empêché longtemps d'envisager leur réédition. Grande vanité, apparemment, et qui laisserait supposer que mes autres écrits satisfont à toutes les exigences. Ai-je besoin de préciser qu'il n'en est rien ? Je suis seulement plus sensible aux maladresses de L'Envers et l'Endroit qu'à d'autres, que je n'ignore pas. Comment l'expliquer sinon en reconnaissant que les premières intéressent, et trahissent un peu, le sujet qui me tient le plus à cœur ? La question de sa valeur littéraire étant réglée, je puis avouer, en effet, que la valeur de témoignage de ce petit livre est, pour moi, considérable. Je dis bien pour moi, car c'est devant moi qu'il témoigne, c'est de moi qu'il exige une fidélité dont je suis seul à connaître la profondeur et les difficultés. Je voudrais essayer de dire pourquoi.

Brice Parain[1] prétend souvent que ce petit livre contient ce que j'ai écrit de meilleur. Parain se trompe. Je ne le dis pas, connaissant sa loyauté, à cause de cette impatience qui vient à tout artiste devant ceux qui ont l'impertinence de préférer ce qu'il a été à ce qu'il est. Non, il se trompe parce qu'à vingt-deux ans, sauf génie, on sait à peine écrire. Mais je comprends ce que Parain, savant ennemi de l'art et philosophe de la compassion, veut dire. Il veut dire, et il a raison, qu'il y a plus de véritable amour dans ces pages maladroites que dans toutes celles qui ont suivi.

Chaque artiste garde ainsi, au fond de lui, une source unique qui alimente pendant sa vie ce qu'il est et ce qu'il dit. Quand la source est tarie, on voit peu à peu l'œuvre se racornir, se fendiller. Ce sont les terres ingrates de l'art que le courant invisible n'irrigue plus. Le cheveu devenu rare et sec, l'artiste, couvert de chaumes, est mûr pour le silence, ou les salons, qui reviennent au même. Pour moi, je sais que ma source est dans *L'Envers et l'Endroit,* dans ce monde de pauvreté et de lumière où j'ai longtemps vécu et dont le souvenir me préserve encore des deux dangers contraires qui menacent tout artiste, le ressentiment et la satisfaction.

La pauvreté, d'abord, n'a jamais été un malheur pour moi : la lumière y répandait ses richesses. Même mes révoltes en ont été éclairées. Elles furent presque toujours, je crois pouvoir le dire sans tricher, des révoltes pour tous, et pour que la vie de tous soit élevée dans la lumière. Il n'est pas sûr que mon cœur fût naturellement disposé à cette

---

1. Brice Parain (1897-1971) : ce philosophe, écrivain et théoricien du langage découvre d'abord les premiers textes de Camus comme lecteur aux Éditions Gallimard avant de nouer avec lui des relations d'amitié. Il lui sera particulièrement fidèle pendant la polémique qui opposera Camus aux sartriens.

sorte d'amour. Mais les circonstances m'ont aidé. Pour corriger une indifférence naturelle, je fus placé à mi-distance de la misère et du soleil. La misère m'empêcha de croire que tout est bien sous le soleil et dans l'histoire ; le soleil m'apprit que l'histoire n'est pas tout. Changer la vie, oui, mais non le monde dont je faisais ma divinité. C'est ainsi, sans doute, que j'abordai cette carrière inconfortable où je suis, m'engageant avec innocence sur un fil d'équilibre où j'avance péniblement, sans être sûr d'atteindre le but. Autrement dit, je devins un artiste[1], s'il est vrai qu'il n'est pas d'art sans refus ni sans consentement.

Dans tous les cas, la belle chaleur qui régnait sur mon enfance m'a privé de tout ressentiment. Je vivais dans la gêne, mais aussi dans une sorte de jouissance. Je me sentais des forces infinies : il fallait seulement leur trouver un point d'application. Ce n'était pas la pauvreté qui faisait obstacle à ces forces : en Afrique, la mer et le soleil ne coûtent rien. L'obstacle était plutôt dans les préjugés ou la bêtise. J'avais là toutes les occasions de développer une « castillanerie[2] » qui m'a fait bien du tort, que raille avec raison mon ami et mon maître Jean Grenier, et que j'ai essayé en vain de corriger, jusqu'au moment où j'ai compris qu'il y avait aussi une fatalité des natures. Il valait mieux alors accepter son propre orgueil et tâcher de le faire servir plutôt que de se donner, comme dit Chamfort,

---

1. Comme pour réfuter d'avance les accusations de ceux qui ne le considèrent pas comme un philosophe, Camus se définit comme écrivain et surtout comme artiste.
2. Trait de caractère revendiqué par Camus qui en situe l'origine — un peu mythique — dans ses racines espagnoles, castillanes. Il s'agit d'un code de l'amour et de l'honneur aristocratique au sens moral du terme qui place au-dessus de tout la fidélité à ses engagements et à sa famille et n'exclut pas une forme ombrageuse de l'orgueil.

des principes plus forts que son caractère. Mais, après m'être interrogé, je puis témoigner que, parmi mes nombreuses faiblesses, n'a jamais figuré le défaut le plus répandu parmi nous, je veux dire l'envie, véritable cancer des sociétés et des doctrines.

Le mérite de cette heureuse immunité ne me revient pas. Je la dois aux miens, d'abord, qui manquaient de presque tout et n'enviaient à peu près rien. Par son seul silence, sa réserve, sa fierté naturelle et sobre, cette famille, qui ne savait même pas lire, m'a donné alors mes plus hautes leçons, qui durent toujours. Et puis, j'étais moi-même trop occupé à sentir pour rêver d'autre chose. Encore maintenant, quand je vois la vie d'une grande fortune à Paris, il y a de la compassion dans l'éloignement qu'elle m'inspire souvent. On trouve dans le monde beaucoup d'injustices, mais il en est une dont on ne parle jamais, qui est celle du climat. De cette injustice-là, j'ai été longtemps, sans le savoir, un des profiteurs. J'entends d'ici les accusations de nos féroces philanthropes, s'ils me lisaient. Je veux faire passer les ouvriers pour riches et les bourgeois pour pauvres, afin de conserver plus longtemps l'heureuse servitude des uns et la puissance des autres. Non, ce n'est pas cela. Au contraire, lorsque la pauvreté se conjugue avec cette vie sans ciel ni espoir qu'en arrivant à l'âge d'homme j'ai découverte dans les horribles faubourgs de nos villes, alors l'injustice dernière, et la plus révoltante, est consommée : il faut tout faire, en effet, pour que ces hommes échappent à la double humiliation de la misère et de la laideur. Né pauvre, dans un quartier ouvrier, je ne savais pourtant pas ce qu'était le vrai malheur avant de connaître nos banlieues froides. Même l'extrême misère arabe ne peut s'y comparer, sous la différence des ciels. Mais une fois qu'on a connu les faubourgs industriels, on se sent à jamais souillé, je crois, et responsable de leur existence.

Ce que j'ai dit ne reste pas moins vrai. Je rencontre parfois des gens qui vivent au milieu de fortunes que je ne peux même pas imaginer. Il me faut cependant un effort pour comprendre qu'on puisse envier ces fortunes. Pendant huit jours, il y a longtemps, j'ai vécu comblé des biens de ce monde : nous dormions sans toit, sur une plage, je me nourrissais de fruits et je passais la moitié de mes journées dans une eau déserte. J'ai appris à cette époque une vérité qui m'a poussé à recevoir les signes du confort, ou de l'installation, avec ironie, impatience, et quelquefois avec fureur. Bien que je vive maintenant sans le souci du lendemain, donc en privilégié, je ne sais pas posséder. Ce que j'ai, et qui m'est toujours offert sans que je l'aie recherché, je ne puis rien en garder. Moins par prodigalité, il me semble, que par une autre sorte de parcimonie : je suis avare de cette liberté qui disparaît dès que commence l'excès des biens. Le plus grand des luxes n'a jamais cessé de coïncider pour moi avec un certain dénuement. J'aime la maison nue des Arabes ou des Espagnols. Le lieu où je préfère vivre et travailler (et, chose plus rare, où il me serait égal de mourir) est la chambre d'hôtel. Je n'ai jamais pu m'abandonner à ce qu'on appelle la vie d'intérieur (qui est si souvent le contraire de la vie intérieure) ; le bonheur dit bourgeois m'ennuie et m'effraie. Cette inaptitude n'a du reste rien de glorieux ; elle n'a pas peu contribué à alimenter mes mauvais défauts. Je n'envie rien, ce qui est mon droit, mais je ne pense pas toujours aux envies des autres et cela m'ôte de l'imagination, c'est-à-dire de la bonté. Il est vrai que je me suis fait une maxime pour mon usage personnel : « Il faut mettre ses principes dans les grandes choses, aux petites la miséricorde suffit. » Hélas ! on se fait des maximes pour combler les trous de sa propre nature. Chez moi, la miséricorde dont je parle s'appelle plutôt indifférence. Ses effets, on s'en doute, sont moins miraculeux.

Mais je veux seulement souligner que la pauvreté ne suppose pas forcément l'envie. Même plus tard, quand une grave maladie m'ôta provisoirement la force de vie qui, en moi, transfigurait tout, malgré les infirmités invisibles et les nouvelles faiblesses que j'y trouvais, je pus connaître la peur et le découragement, jamais l'amertume. Cette maladie sans doute ajoutait d'autres entraves, et les plus dures, à celles qui étaient déjà les miennes. Elle favorisait finalement cette liberté du cœur, cette légère distance à l'égard des intérêts humains qui m'a toujours préservé du ressentiment. Ce privilège, depuis que je vis à Paris, je sais qu'il est royal. Mais j'en ai joui sans limites ni remords et, jusqu'à présent du moins, il a éclairé toute ma vie. Artiste, par exemple, j'ai commencé à vivre dans l'admiration, ce qui, dans un sens, est le paradis terrestre. (On sait qu'aujourd'hui l'usage, en France, pour débuter dans les lettres, et même pour y finir, est au contraire de choisir un artiste à railler.) De même, mes passions d'homme n'ont jamais été « contre ». Les êtres que j'ai aimés ont toujours été meilleurs et plus grands que moi. La pauvreté telle que je l'ai vécue ne m'a donc pas enseigné le ressentiment, mais une certaine fidélité, au contraire, et la ténacité muette. S'il m'est arrivé de l'oublier, moi seul ou mes défauts en sommes responsables et non le monde où je suis né.

C'est aussi le souvenir de ces années qui m'a empêché de me trouver jamais satisfait dans l'exercice de mon métier. Ici, je voudrais parler, avec autant de simplicité que je le puis, de ce que les écrivains taisent généralement. Je n'évoque même pas la satisfaction que l'on trouve, paraît-il, devant le livre ou la page réussis. Je ne sais si beaucoup d'artistes la connaissent. Pour moi, je ne crois pas avoir jamais tiré une joie de la relecture d'une page terminée. J'avouerai même, en acceptant d'être pris au mot, que le succès de quelques-uns de mes livres m'a toujours surpris.

Bien entendu, on s'y habitue, et assez vilainement. Aujourd'hui encore, pourtant, je me sens un apprenti auprès d'écrivains vivants à qui je donne la place de leur vrai mérite, et dont l'un des premiers est celui à qui ces essais furent dédiés, il y a déjà vingt ans*. L'écrivain a, naturellement, des joies pour lesquelles il vit et qui suffisent à le combler. Mais, pour moi, je les rencontre au moment de la conception, à la seconde où le sujet se révèle, où l'articulation de l'œuvre se dessine devant la sensibilité soudain clairvoyante, à ces moments délicieux où l'imagination se confond tout à fait avec l'intelligence. Ces instants passent comme ils sont nés. Reste l'exécution, c'est-à-dire une longue peine.

Sur un autre plan, un artiste a aussi des joies de vanité. Le métier d'écrivain, particulièrement dans la société française, est en grande partie un métier de vanité. Je le dis d'ailleurs sans mépris, à peine avec regret. Je ressemble aux autres sur ce point ; qui peut se dire dénué de cette ridicule infirmité ? Après tout, dans une société vouée à l'envie et à la dérision, un jour vient toujours où, couverts de brocards[1], nos écrivains payent durement ces pauvres joies. Mais justement, en vingt années de vie littéraire, mon métier m'a apporté bien peu de joies semblables, et de moins en moins à mesure que le temps passait.

N'est-ce pas le souvenir des vérités entrevues dans *L'Envers et l'Endroit* qui m'a toujours empêché d'être à l'aise dans l'exercice public de mon métier et qui m'a conduit à tant de refus qui ne m'ont pas toujours fait des amis ? À ignorer le compliment ou l'hommage, en effet, on laisse croire au complimenteur qu'on le dédaigne alors qu'on ne doute que de soi. De même, si j'avais montré ce mélange

---

* Jean Grenier. (*Les notes appelées par un astérisque sont de l'auteur.*)
1. Traits moqueurs, railleries qui permettent de « brocher », c'est-à-dire de piquer l'amour-propre de celui dont on se moque.

d'âpreté et de complaisance qui se rencontre dans la carrière littéraire, si même j'avais exagéré ma parade, comme tant d'autres, j'aurais reçu plus de sympathies car, enfin, j'aurais joué le jeu. Mais qu'y faire, ce jeu ne m'amuse pas ! L'ambition de Rubempré ou de Julien Sorel me déconcerte souvent par sa naïveté, et sa modestie. Celle de Nietzsche, de Tolstoï ou de Melville, me bouleverse, et en raison même de leur échec. Dans le secret de mon cœur, je ne me sens d'humilité que devant les vies les plus pauvres ou les grandes aventures de l'esprit. Entre les deux se trouve aujourd'hui une société qui fait rire.

Parfois, dans ces « premières » de théâtre, qui sont le seul lieu où je rencontre ce qu'on appelle avec insolence le Tout-Paris, j'ai l'impression que la salle va disparaître, que ce monde, tel qu'il semble, n'existe pas. Ce sont les autres qui me paraissent réels, les grandes figures qui crient sur la scène. Pour ne pas fuir alors, il faut se souvenir que chacun de ces spectateurs a aussi un rendez-vous avec lui-même ; qu'il le sait, et que, sans doute, il s'y rendra tout à l'heure. Aussitôt, le voici de nouveau fraternel : les solitudes réunissent ceux que la société sépare. Sachant cela, comment flatter ce monde, briguer[1] ses privilèges dérisoires, consentir à féliciter tous les auteurs de tous les livres, remercier ostensiblement le critique favorable, pourquoi essayer de séduire l'adversaire, de quelle figure surtout recevoir ces compliments et cette admiration dont la société française (en présence de l'auteur du moins, car, lui parti !...) use autant que du Pernod et de la presse du cœur ? Je n'arrive à rien de tout cela, c'est un fait. Peut-être y a-t-il là beaucoup de ce mauvais orgueil dont je connais en moi l'étendue et les pouvoirs. Mais s'il y avait cela seulement, si

---

1. Convoiter, solliciter, rechercher avec acharnement un emploi ou un privilège.

ma vanité était seule à jouer, il me semble qu'au contraire je jouirais du compliment, superficiellement, au lieu d'y trouver un malaise répété. Non, la vanité que j'ai en commun avec les gens de mon état, je la sens réagir surtout à certaines critiques qui comportent une grande part de vérité. Devant le compliment, ce n'est pas la fierté qui me donne cet air cancre et ingrat que je connais bien, mais (en même temps que cette profonde indifférence qui est en moi comme une infirmité de nature) un sentiment singulier qui me vient alors : « Ce n'est pas cela... » Non, ce n'est pas cela et c'est pourquoi la réputation, comme on dit, est parfois si difficile à accepter qu'on trouve une sorte de mauvaise joie à faire ce qu'il faut pour la perdre. Au contraire, relisant *L'Envers et l'Endroit* après tant d'années, pour cette édition, je sais instinctivement devant certaines pages, et malgré les maladresses, que c'est cela. Cela, c'est-à-dire cette vieille femme, une mère silencieuse, la pauvreté, la lumière sur les oliviers d'Italie, l'amour solitaire et peuplé, tout ce qui témoigne, à mes propres yeux, de la vérité.

Depuis le temps où ces pages ont été écrites, j'ai vieilli et traversé beaucoup de choses. J'ai appris sur moi-même, connaissant mes limites, et presque toutes mes faiblesses. J'ai moins appris sur les êtres parce que ma curiosité va plus à leur destin qu'à leurs réactions et que les destins se répètent beaucoup. J'ai appris du moins qu'ils existaient et que l'égoïsme, s'il ne peut se renier, doit essayer d'être clairvoyant. Jouir de soi est impossible ; je le sais, malgré les grands dons qui sont les miens pour cet exercice. Si la solitude existe, ce que j'ignore, on aurait bien le droit, à l'occasion, d'en rêver comme d'un paradis. J'en rêve parfois, comme tout le monde. Mais deux anges tranquilles m'en ont toujours interdit l'entrée ; l'un montre le visage de l'ami, l'autre la face de l'ennemi. Oui, je sais tout cela et j'ai appris encore ou à peu près, ce que coûtait l'amour. Mais sur la vie elle-même, je n'en sais pas plus que ce qui est dit, avec gaucherie, dans *L'Envers et l'Endroit*.

« Il n'y a pas d'amour de vivre sans désespoir de vivre », ai-je écrit, non sans emphase, dans ces pages. Je ne savais pas à l'époque à quel point je disais vrai ; je n'avais pas encore traversé les temps du vrai désespoir. Ces temps sont venus et ils ont pu tout détruire en moi, sauf justement l'appétit désordonné de vivre. Je souffre encore de cette passion à la fois féconde et destructrice qui éclate jusque dans les pages les plus sombres de *L'Envers et l'Endroit*. Nous ne vivons vraiment que quelques heures de notre vie, a-t-on dit. Cela est vrai dans un sens, faux dans un autre. Car l'ardeur affamée qu'on sentira dans les essais qui suivent ne m'a jamais quitté et, pour finir, elle est la vie dans ce qu'elle a de pire et de meilleur. J'ai voulu sans doute rectifier ce qu'elle produisait de pire en moi. Comme tout le monde, j'ai essayé, tant bien que mal, de corriger ma nature par la morale. C'est, hélas ! ce qui m'a coûté le plus cher. Avec de l'énergie, et j'en ai, on arrive parfois à se conduire selon la morale, non à être. Et rêver de morale quand on est un homme de passion, c'est se vouer à l'injustice, dans le temps même où l'on parle de justice. L'homme m'apparaît parfois comme une injustice en marche : je pense à moi. Si j'ai, à ce moment, l'impression de m'être trompé ou d'avoir menti dans ce que parfois j'écrivais, c'est que je ne sais comment faire connaître honnêtement mon injustice. Sans doute, je n'ai jamais dit que j'étais juste. Il m'est seulement arrivé de dire qu'il fallait essayer de l'être, et aussi que c'était une peine et un malheur. Mais la différence est-elle si grande ? Et peut-il vraiment prêcher la justice celui qui n'arrive même pas à la faire régner dans sa vie ? Si, du moins, on pouvait vivre selon l'honneur, cette vertu des injustes ! Mais notre monde tient ce mot pour obscène ; aristocrate fait partie des injures littéraires et philosophiques. Je ne suis pas aristocrate, ma réponse tient dans ce livre : voici les miens, mes maîtres, ma lignée : voici, par eux, ce qui me réunit à tous. Et cependant, oui, j'ai besoin d'honneur, parce que je ne suis pas assez grand pour m'en passer !

Qu'importe ! Je voulais seulement marquer que, si j'ai beaucoup marché depuis ce livre, je n'ai pas tellement progressé. Souvent, croyant avancer, je reculais. Mais, à la fin, mes fautes, mes ignorances et mes fidélités m'ont toujours ramené sur cet ancien chemin que j'ai commencé d'ouvrir avec *L'Envers et l'Endroit,* dont on voit les traces dans tout ce que j'ai fait ensuite et sur lequel, certains matins d'Alger, par exemple, je marche toujours avec la même légère ivresse.

Pourquoi donc, s'il en est ainsi, avoir longtemps refusé de produire ce faible témoignage ? D'abord parce qu'il y a en moi, il faut le répéter, des résistances artistiques, comme il y a, chez d'autres, des résistances morales ou religieuses. L'interdiction, l'idée que « cela ne se fait pas », qui m'est assez étrangère en tant que fils d'une libre nature, m'est présente en tant qu'esclave, et esclave admiratif, d'une tradition artistique sévère. Peut-être aussi cette méfiance vise-t-elle mon anarchie profonde, et par là, reste utile. Je connais mon désordre, la violence de certains instincts, l'abandon sans grâce où je peux me jeter. Pour être édifiée, l'œuvre d'art doit se servir d'abord de ces forces obscures de l'âme. Mais non sans les canaliser, les entourer de digues, pour que leur flot monte, aussi bien. Mes digues, aujourd'hui encore, sont peut-être trop hautes. De là, cette raideur, parfois... Simplement, le jour où l'équilibre s'établira entre ce que je suis et ce que je dis, ce jour-là peut-être, et j'ose à peine l'écrire, je pourrai bâtir l'œuvre dont je rêve. Ce que j'ai voulu dire ici, c'est qu'elle ressemblera à L'Envers et l'Endroit, d'une façon ou de l'autre, et qu'elle parlera d'une certaine forme d'amour. On comprend alors la deuxième raion que j'ai eue de garder pour moi ces essais de jeunesse. Les secrets qui nous sont les plus chers, nous les livrons trop dans la maladresse et le désordre ; nous les trahissons, aussi bien, sous un déguisement trop apprêté. Mieux vaut attendre d'être expert à leur donner une forme, sans cesser de faire entendre leur voix, de savoir unir à doses à peu près égales le naturel et l'art ; d'être enfin. Car c'est être que de tout pouvoir en même temps. En art, tout vient simultanément ou rien ne vient ; pas de lumières sans flammes. Stendhal s'écriait un jour : « Mais mon âme à moi est un feu qui souffre, s'il ne flambe pas. » Ceux qui lui ressemblent sur ce point ne devraient créer que dans cette flambée. Au sommet de la flamme, le cri sort tout droit et crée ses mots qui le répercutent à leur tour. Je parle ici de ce que nous tous, artistes incertains de l'être, mais sûrs de ne pas être autre chose, attendons, jour après jour, pour consentir enfin à vivre.

Pourquoi donc, puisqu'il s'agit de cette attente, et probablement vaine, accepter aujourd'hui cette publication ? D'abord parce que des lecteurs ont su trouver l'argument qui m'a convaincu[*]. Et puis un temps vient toujours dans la vie d'un artiste où il doit faire le point, se rapprocher de son propre centre, pour tâcher ensuite de s'y maintenir. C'est ainsi aujourd'hui et je n'ai pas besoin d'en dire plus. Si, malgré tant d'efforts pour édifier un langage et faire vivre des mythes, je ne parviens pas un jour à récrire

---

[*] Il est simple. « Ce livre existe déjà, mais à un petit nombre d'exemplaires, vendus chèrement par des libraires. Pourquoi seuls les lecteurs riches auraient-ils le droit de le lire ? » En effet, pourquoi ?

L'Envers et l'Endroit, je ne serai jamais parvenu à rien, voilà ma conviction obscure. Rien ne m'empêche en tout cas de rêver que j'y réussirai, d'imaginer que je mettrai encore au centre de cette œuvre l'admirable silence d'une mère et l'effort d'un homme pour retrouver une justice ou un amour qui équilibre ce silence. Dans le songe de la vie, voici l'homme qui trouve ses vérités et qui les perd, sur la terre de la mort, pour revenir à travers les guerres, les cris, la folie de justice et d'amour, la douleur enfin, vers cette patrie tranquille où la mort même est un silence heureux. Voici encore… Oui, rien n'empêche de rêver, à l'heure même de l'exil, puisque du moins je sais cela, de science certaine, qu'une œuvre d'homme n'est rien d'autre que ce long cheminement pour retrouver par les détours de l'art les deux ou trois images simples et grandes sur lesquelles le cœur, une première fois, s'est ouvert. Voilà pourquoi, peut-être, après vingt années de travail et de production, je continue de vivre avec l'idée que mon œuvre n'est même pas commencée. Dès l'instant où, à l'occasion de cette réédition, je me suis retourné vers les premières pages que j'ai écrites, c'est cela, d'abord, que j'ai eu envie de consigner ici.

L'Ironie

Il y a deux ans, j'ai connu une vieille femme. Elle souffrait d'une maladie dont elle avait bien cru mourir. Tout son côté droit avait été paralysé. Elle n'avait qu'une moitié d'elle en ce monde quand l'autre lui était déjà étrangère. Petite vieille remuante et bavarde, on l'avait réduite au silence et à l'immobilité. Seule de longues journées, illettrée, peu sensible, sa vie entière se ramenait à Dieu. Elle croyait en lui. Et la preuve est qu'elle avait un chapelet[1], un christ de plomb et, en stuc, un saint Joseph portant l'Enfant. Elle doutait que sa maladie fût incurable, mais l'affirmait pour qu'on s'intéressât à elle, s'en remettant du reste au Dieu qu'elle aimait si mal.

Ce jour-là, quelqu'un s'intéressait à elle. C'était un jeune homme. (Il croyait qu'il y avait une vérité et savait par ailleurs que cette femme allait mourir, sans s'inquiéter de résoudre cette contradiction.) Il avait pris un véritable intérêt à l'ennui de la vieille femme. Cela, elle l'avait bien senti. Et cet intérêt était une aubaine inespérée pour la malade. Elle lui disait ses peines avec animation : elle était au bout de son rouleau, et il

---

1. Dans la religion catholique, objet destiné à la prière solitaire formé de grains enfilés, groupés par dizaines, et que l'on fait glisser entre ses doigts en enchaînant les prières.

faut bien laisser la place aux jeunes. Si elle s'ennuyait ? Cela était sûr. On ne lui parlait pas. Elle était dans son coin, comme un chien. Il valait mieux en finir. Parce qu'elle aimait mieux mourir que d'être à la charge de quelqu'un.

Sa voix était devenue querelleuse. C'était une voix de marché, de marchandage. Pourtant, ce jeune homme comprenait. Il était d'avis cependant qu'il valait mieux être à la charge des autres que mourir. Mais cela ne prouvait qu'une chose : que, sans doute, il n'avait jamais été à la charge de personne. Et précisément il disait à la vieille femme — parce qu'il avait vu le chapelet : « Il vous reste le bon Dieu. » C'était vrai. Mais même à cet égard, on l'ennuyait encore. S'il lui arrivait de rester un long moment en prière, si son regard se perdait dans quelque motif de la tapisserie, sa fille disait : « La voilà encore qui prie ! — Qu'est-ce que ça peut te faire ? disait la malade. — Ça ne me fait rien, mais ça m'énerve à la fin. » Et la vieille se taisait, en attachant sur sa fille un long regard chargé de reproches.

Le jeune homme écoutait tout cela avec une immense peine inconnue qui le gênait dans la poitrine. Et la vieille disait encore : « Elle verra bien quand elle sera vieille. Elle aussi en aura besoin ! »

On sentait cette vieille femme libérée de tout, sauf de Dieu, livrée tout entière à ce mal dernier, vertueuse par nécessité, persuadée trop aisément que ce qui lui restait était le seul bien digne d'amour, plongée enfin, et sans retour, dans la misère de l'homme en Dieu. Mais que l'espoir de vie renaisse et Dieu n'est pas de force contre les intérêts de l'homme.

On s'était mis à table. Le jeune homme avait été invité au dîner. La vieille ne mangeait pas, parce que les aliments sont lourds le soir. Elle était restée dans son coin, derrière le dos de celui qui l'avait écoutée. Et de se sentir observé, celui-ci mangeait mal. Cependant, le dîner avançait. Pour prolonger cette réunion, on décida d'aller au cinéma. On passait justement un film gai. Le jeune homme avait étourdiment accepté, sans penser à l'être qui continuait d'exister dans son dos.

Les convives s'étaient levés pour aller se laver les mains, avant de sortir. Il n'était pas question, évidemment, que la vieille femme vînt aussi. Quand elle n'aurait pas été impotente, son ignorance l'aurait empêchée de comprendre le film. Elle disait ne pas aimer le cinéma. Au vrai, elle ne comprenait pas. Elle était dans son coin, d'ailleurs, et prenait un grand intérêt vide aux grains de son chapelet. Elle mettait en lui toute sa confiance. Les trois objets qu'elle conservait marquaient pour elle le point matériel où commençait le divin. À partir du chapelet, du christ ou du saint Joseph, derrière eux, s'ouvrait un grand noir profond où elle plaçait tout son espoir.

Tout le monde était prêt. On s'approchait de la vieille femme pour l'embrasser et lui souhaiter un bon soir. Elle avait déjà compris et serrait avec force son chapelet. Mais il paraissait bien que ce geste pouvait être autant de désespoir que de ferveur. On l'avait embrassée. Il ne restait que le jeune homme. Il avait serré la main de la femme avec affection et se retournait déjà. Mais l'autre voyait partir celui qui s'était intéressé à elle. Elle ne voulait pas être seule. Elle sentait déjà l'horreur de sa solitude, l'insomnie prolongée, le tête-à-tête décevant avec Dieu. Elle avait peur, ne se reposait plus qu'en l'homme, et se rattachant au seul être qui lui eût marqué de l'intérêt, ne lâchait pas sa main, la serrait, le remerciant maladroitement pour justifier cette insistance. Le jeune homme était gêné. Déjà, les autres se retournaient pour l'inviter à plus de hâte. Le spectacle commençait à neuf heures et il valait mieux arriver un peu tôt pour ne pas attendre au guichet.

Lui se sentait placé devant le plus affreux malheur qu'il eût encore connu : celui d'une vieille femme infirme qu'on abandonne pour aller au cinéma. Il voulait partir et se dérober, ne voulait pas savoir, essayait de retirer sa main. Une seconde durant, il eut une haine féroce pour cette vieille femme et pensa la gifler à toute volée.

Il put enfin se retirer et partir pendant que la malade, à demi soulevée dans son fauteuil, voyait avec horreur s'évanouir la seule certitude en laquelle elle eût pu reposer. Rien ne la protégeait maintenant. Et livrée tout entière à la pensée de sa mort, elle ne savait pas exactement ce qui l'effrayait, mais sentait qu'elle ne voulait pas être seule. Dieu ne lui servait de rien, qu'à l'ôter aux hommes et à la rendre seule. Elle ne voulait pas quitter les hommes. C'est pour cela qu'elle se mit à pleurer.

Les autres étaient déjà dans la rue. Un tenace remords travaillait le jeune homme. Il leva les yeux vers la fenêtre éclairée, gros œil mort dans la maison silencieuse. L'œil se ferma. La fille de la vieille femme malade dit au jeune homme : « Elle éteint toujours la lumière quand elle est seule. Elle aime rester dans le noir. »

Ce vieillard triomphait, rapprochait les sourcils, secouait un index sentencieux. Il disait : « Moi, mon père me donnait cinq francs sur ma semaine pour m'amuser jusqu'au samedi d'après. Eh bien, je trouvais encore le moyen de mettre des sous de côté. D'abord, pour aller voir ma fiancée, je faisais en pleine campagne quatre kilomètres pour aller et quatre kilomètres pour revenir. Allez, allez, c'est moi qui vous le dis, la jeunesse d'aujourd'hui ne sait plus s'amuser. » Ils étaient autour d'une table ronde, trois jeunes, lui vieux. Il contait ses pauvres aventures : des niaiseries mises très haut, des lassitudes qu'il célébrait comme des victoires. Il ne ménageait pas de silences dans son récit, et, pressé de tout dire avant d'être quitté, il retenait de son passé ce qu'il pensait propre à toucher ses auditeurs. Se faire écouter était son seul vice : il se refusait à voir l'ironie des regards et la brusquerie moqueuse dont on l'accablait. Il était pour eux le vieillard dont on sait que tout allait bien de son temps, quand il croyait être l'aïeul respecté dont l'expérience fait poids. Les jeunes ne savent pas que l'expérience est une défaite et qu'il faut tout perdre pour savoir un peu. Lui avait souffert. Il n'en disait rien. Ça fait mieux de paraître heureux. Et puis, s'il avait tort en cela, il se serait trompé plus lourdement en voulant au contraire toucher par ses malheurs. Qu'importent les souffrances d'un vieil homme quand la vie vous occupe tout entier ? Il parlait, parlait, s'égarait avec délices dans la grisaille de sa voix assourdie. Mais cela ne pouvait durer. Son plaisir commandait une fin et l'attention de ses auditeurs déclinait. Il n'était même plus amusant ; il était vieux. Et les jeunes aiment le billard et les cartes qui ne ressemblent pas au travail imbécile de chaque jour.

Il fut bientôt seul, malgré ses efforts et ses mensonges pour rendre son récit plus attrayant. Sans égards, les jeunes étaient partis. De nouveau seul. N'être plus écouté : c'est cela qui est terrible lorsqu'on est vieux. On le condamnait au silence et à la solitude. On lui signifiait qu'il allait bientôt mourir. Et un vieil homme qui va mourir est inutile, même gênant et insidieux. Qu'il s'en aille. À défaut, qu'il se taise : c'est le moindre des égards. Et lui souffre parce qu'il ne peut se taire sans penser qu'il est vieux. Il se leva pourtant et partit en souriant à tout le monde autour de lui. Mais il ne rencontra que des visages indifférents ou secoués d'une gaîté à laquelle il n'avait pas le droit de participer. Un homme riait : « Elle est vieille, je dis pas, mais des fois, c'est dans les vieilles marmites qu'on fait les meilleures soupes. » Un autre déjà plus grave : « Nous autres, on n'est pas riche, mais on mange bien. Tu vois mon petit-fils, plus que son père il mange. Son père, il lui faut une livre de pain, lui un kilo il lui faut ! Et vas-y le saucisson, vas-y le camembert. Des fois qu'il a fini, il dit : "Han ! Han !" et il mange encore. » Le vieux s'éloigna. Et de son pas lent, un petit pas d'âne au labeur, il parcourut les longs trottoirs chargés d'hommes. Il se sentait mal et ne voulait pas rentrer. D'habitude, il aimait assez retrouver la table et la lampe à pétrole, les assiettes où, machinalement, ses doigts trouvaient leur place. Il aimait encore le souper silencieux, la vieille assise devant lui, les bouchées longuement mâchées, le cerveau vide, les yeux fixes et morts. Ce soir, il rentrerait plus tard. Le souper servi et froid, la vieille serait couchée, sans inquiétude puisqu'elle connaissait ses retards imprévus. Elle disait : « Il a la lune » et tout était dit.

Il allait maintenant, dans le doux entêtement de son pas. Il était seul et vieux. À la fin d'une vie, la vieillesse revient en nausées. Tout aboutit à ne plus être écouté. Il marche, tourne au coin d'une rue, bute et, presque, tombe. Je l'ai vu. C'est ridicule, mais qu'y faire. Malgré tout, il aime mieux la rue, la rue plutôt que ces heures où, chez lui, la fièvre lui masque la vieille et l'isole dans sa chambre. Alors, quelquefois, la porte s'ouvre lentement et reste à demi béante pendant un instant. Un homme entre. Il est habillé de clair. Il s'assied en face du vieillard et se tait pendant de longues minutes. Il est immobile, comme la porte tout à l'heure béante. De temps en temps, il passe une main sur ses cheveux et soupire doucement. Quand il a longtemps regardé le vieil homme du même regard lourd de tristesse, il s'en va, silencieusement. Derrière lui, un bruit sec tombe du loquet et le vieux reste là, horrifié, avec, dans le ventre, sa peur acide et douloureuse. Tandis que dans la rue, il n'est pas seul, si peu de monde qu'on rencontre. Sa fièvre chante. Son petit pas se presse : demain tout changera, demain. Soudain il découvre ceci que demain sera semblable, et après-demain, tous les autres jours. Et cette irrémédiable découverte l'écrase. Ce sont de pareilles idées qui vous font mourir. Pour ne pouvoir les supporter, on se tue — ou si l'on est jeune, on en fait des phrases.

Vieux, fou, ivre, on ne sait. Sa fin sera une digne fin, sanglotante, admirable. Il mourra en beauté, je veux dire en souffrant. Ça lui fera une consolation. Et d'ailleurs où aller : il est vieux pour jamais. Les hommes bâtissent sur la vieillesse à venir. À cette vieillesse assaillie d'irrémédiables, ils veulent donner l'oisiveté qui les laisse sans défense. Ils veulent être contremaître pour se retirer dans une petite villa. Mais une fois enfoncés dans l'âge, ils savent bien que c'est faux. Ils ont besoin des autres hommes pour se protéger. Et pour lui, il fallait qu'on l'écoutât pour qu'il crût à sa vie. Maintenant, les rues étaient plus noires et moins peuplées. Des voix passaient encore. Dans l'étrange apaisement du soir, elles devenaient plus solennelles. Derrière les collines qui encerclaient la ville, il y avait encore des lueurs de jour. Une fumée, imposante, on ne sait d'où venue, apparut derrière les crêtes boisées. Lente, elle s'éleva et s'étagea comme un sapin. Le vieux ferma les yeux. Devant la vie qui emportait les grondements de la ville et le sourire niais indifférent du ciel, il était seul, désemparé, nu, mort déjà.

Est-il nécessaire de décrire le revers de cette belle médaille ? On se doute que dans une pièce sale et obscure la vieille servait la table — que le dîner prêt, elle s'assit, regarda l'heure, attendit encore, et se mit à manger avec appétit. Elle pensait : « Il a la lune. » Tout était dit.

Ils vivaient à cinq : la grand-mère, son fils cadet, sa fille aînée et les deux enfants de cette dernière. Le fils était presque muet ; la fille, infirme, pensait difficilement, et, des deux enfants, l'un travaillait déjà dans une compagnie d'assurances quand le plus jeune poursuivait ses études. À soixante-dix ans, la grand-mère dominait encore tout ce monde. Au-dessus de son lit, on pouvait voir d'elle un portrait où, plus jeune de cinq ans, toute droite dans une robe noire fermée au cou par un médaillon, sans une ride, avec d'immenses yeux clairs et froids, elle avait ce port de reine qu'elle ne résigna qu'avec l'âge et qu'elle tentait parfois de retrouver dans la rue.

C'est à ces yeux clairs que son petit-fils devait un souvenir dont il rougissait encore. La vieille femme attendait qu'il y eût des visites pour lui demander en le fixant sévèrement : « Qui préfères-tu, ta mère ou ta grand-mère ? » Le jeu se corsait quand la fille elle-même était présente. Car, dans tous les cas, l'enfant répondait : « Ma grand-mère », avec, dans son cœur, un grand élan d'amour pour cette mère qui se taisait toujours. Ou alors, lorsque les visiteurs s'étonnaient de cette préférence, la mère disait : « C'est que c'est elle qui l'a élevé. »

C'est aussi que la vieille femme croyait que l'amour est une chose qu'on exige. Elle tirait de sa conscience de bonne mère de famille une sorte de rigidité et d'intolérance. Elle n'avait jamais trompé son mari et lui avait fait neuf enfants. Après sa mort, elle avait élevé sa petite famille avec énergie. Partis de leur ferme de banlieue, ils avaient échoué dans un vieux quartier pauvre qu'ils habitaient depuis longtemps.

Et certes, cette femme ne manquait pas de qualités. Mais, pour ses petits-fils qui étaient à l'âge des jugements absolus, elle n'était qu'une comédienne. Ils tenaient ainsi d'un de leurs oncles une histoire significative. Ce dernier, venant rendre visite à sa belle-mère, l'avait aperçue, inactive, à la fenêtre. Mais elle l'avait reçu un chiffon à la main, et s'était excusée de continuer son travail à cause du peu de temps que lui laissaient les soins du ménage. Et il faut bien avouer que tout était ainsi. C'est avec beaucoup de facilité qu'elle s'évanouissait au sortir d'une discussion de famille. Elle souffrait aussi de vomissements pénibles dus à une affection du foie. Mais elle n'apportait aucune discrétion dans l'exercice de sa maladie. Loin de s'isoler, elle vomissait avec fracas dans le bidon d'ordures de la cuisine. Et revenue parmi les siens, pâle, les yeux pleins de larmes d'effort, si on la suppliait de se coucher, elle rappelait la cuisine qu'elle avait à faire et la place qu'elle tenait dans la direction de la maison : « C'est moi qui fais tout ici. » Et encore : « Qu'est-ce que vous deviendriez si je disparaissais ! »

Les enfants s'habituèrent à ne pas tenir compte de ses vomissements, de ses « attaques » comme elle disait, ni de ses plaintes. Elle s'alita un jour et réclama le médecin. On le fit venir pour lui complaire[1]. Le premier jour, il décela un simple malaise, le deuxième un cancer du foie, et le troisième, un ictère grave. Mais le plus jeune des deux enfants s'entêtait à ne voir là qu'une nouvelle comédie, une simulation plus raffinée. Il n'était pas inquiet. Cette femme l'avait trop opprimé pour que ses premières vues puissent être pessimistes. Et il y a une sorte de courage désespéré dans la lucidité et le refus d'aimer. Mais à jouer la maladie, on peut effectivement la ressentir : la grand-mère poussa la simulation jusqu'à la mort. Le dernier jour, assistée de ses enfants, elle se délivrait de ses fermentations d'intestin. Avec simplicité, elle s'adressa à son petit-fils : « Tu vois,

---

1. Satisfaire les caprices de quelqu'un de façon plus ou moins servile.

dit-elle, je pète comme un petit cochon. » Elle mourut une heure après.

Son petit-fils, il le sentait bien maintenant, n'avait rien compris à la chose. Il ne pouvait se délivrer de l'idée que s'était jouée devant lui la dernière et la plus monstrueuse des simulations de cette femme. Et s'il s'interrogeait sur la peine qu'il ressentait, il n'en décelait aucune. Le jour de l'enterrement seulement, à cause de l'explosion générale des larmes, il pleura, mais avec la crainte de ne pas être sincère et de mentir devant la mort. C'était par une belle journée d'hiver, traversée de rayons. Dans le bleu du ciel, on devinait le froid tout pailleté de jaune. Le cimetière dominait la ville et on pouvait voir le beau soleil transparent tomber sur la baie tremblante de lumière, comme une lèvre humide.

Tout ça ne se concilie pas ? La belle vérité. Une femme qu'on abandonne pour aller au cinéma, un vieil homme qu'on n'écoute plus, une mort qui ne rachète[1] rien et puis, de l'autre côté, toute la lumière du monde. Qu'est-ce que ça fait, si on accepte tout ? Il s'agit de trois destins semblables et pourtant différents. La mort pour tous, mais à chacun sa mort. Après tout, le soleil nous chauffe quand même les os.

---

1. Le verbe « racheter » est ici employé dans le sens moral que lui donne la religion chrétienne, c'est-à-dire réparer, expier, une faute commise par soi-même ou par quelqu'un d'autre.

Entre oui et non

S'il est vrai que les seuls paradis sont ceux qu'on a perdus, je sais comment nommer ce quelque chose de tendre et d'inhumain qui m'habite aujourd'hui. Un émigrant revient dans sa patrie. Et moi, je me souviens. Ironie, raidissement, tout se tait et me voici rapatrié[1]. Je ne veux pas remâcher du bonheur. C'est bien plus simple et c'est bien plus facile. Car de ces heures que, du fond de l'oubli, je ramène vers moi, s'est conservé surtout le souvenir intact d'une pure émotion, d'un instant suspendu dans l'éternité. Cela seul est vrai en moi et je le sais toujours trop tard. Nous aimons le fléchissement d'un geste, l'opportunité d'un arbre dans le paysage. Et pour recréer tout cet amour, nous n'avons qu'un détail, mais qui suffit : une odeur de chambre trop longtemps fermée, le son singulier d'un pas sur la route. Ainsi de moi. Et si j'aimais alors en me donnant, enfin j'étais moi-même puisqu'il n'y a que l'amour qui nous rende à nous-mêmes.

Lentes, paisibles et graves, ces heures reviennent, aussi

---

1. Terme employé dans un sens théologique et moral pour désigner non pas un voyage de retour, mais le retour d'une âme à son unité originelle. Ici, le mot désigne le mécanisme du souvenir qui ramène les affects de l'adulte à ceux de l'enfant qu'il fut.

fortes, aussi émouvantes — parce que c'est le soir, que l'heure est triste et qu'il y a une sorte de désir vague dans le ciel sans lumière. Chaque geste retrouvé me révèle à moi-même. On m'a dit un jour : « C'est si difficile de vivre. » Et je me souviens du ton. Une autre fois, quelqu'un a murmuré : « La pire erreur, c'est encore de faire souffrir. » Quand tout est fini, la soif de vie est éteinte. Est-ce là ce qu'on appelle le bonheur ? En longeant ces souvenirs, nous revêtons tout du même vêtement discret et la mort nous apparaît comme une toile de fond aux tons vieillis. Nous revenons sur nous-mêmes. Nous sentons notre détresse et nous en aimons mieux. Oui, c'est peut-être cela le bonheur, le sentiment apitoyé de notre malheur.

C'est bien ainsi ce soir. Dans ce café maure, tout au bout de la ville arabe, je me souviens non d'un bonheur passé, mais d'un étrange sentiment. C'est déjà la nuit. Sur les murs, des lions jaune canari poursuivent des cheiks vêtus de vert, parmi des palmiers à cinq branches. Dans un angle du café, une lampe à acétylène donne une lumière inconstante. L'éclairage réel est donné par le foyer, au fond d'un petit four garni d'émaux verts et jaunes. La flamme éclaire le centre de la pièce et je sens ses reflets sur mon visage. Je fais face à la porte et à la baie. Accroupi dans un coin, le patron du café semble regarder mon verre resté vide, une feuille de menthe au fond. Personne dans la salle, les bruits de la ville en contrebas, plus loin des lumières sur la baie. J'entends l'Arabe respirer très fort, et ses yeux brillent dans la pénombre. Au loin, est-ce le bruit de la mer ? le monde soupire vers moi dans un rythme long et m'apporte l'indifférence et la tranquillité de ce qui ne meurt pas. De grands reflets rouges font ondoyer les lions sur les murs. L'air devient frais. Une sirène sur la mer. Les phares commencent à tourner : une lumière verte, une rouge, une blanche. Et toujours ce grand soupir du monde.

Une sorte de chant secret naît de cette indifférence. Et me voici rapatrié. Je pense à un enfant qui vécut dans un quartier pauvre. Ce quartier, cette maison ! Il n'y avait qu'un étage et les escaliers n'étaient pas éclairés. Maintenant encore, après de longues années, il pourrait y retourner en pleine nuit. Il sait qu'il grimperait l'escalier à toute vitesse sans trébucher une seule fois. Son corps même est imprégné de cette maison. Ses jambes conservent en elles la mesure exacte de la hauteur des marches. Sa main, l'horreur instinctive, jamais vaincue, de la rampe d'escalier. Et c'était à cause des cafards.

Les soirs d'été, les ouvriers se mettent au balcon. Chez lui, il n'y avait qu'une toute petite fenêtre. On descendait alors des chaises sur le devant de la maison et l'on goûtait le soir. Il y avait la rue, les marchands de glaces à côté, les cafés en face, et des bruits d'enfants courant de porte en porte. Mais surtout, entre les grands ficus, il y avait le ciel. Il y a une solitude dans la pauvreté, mais une solitude qui rend son prix à chaque chose. À un certain degré de richesse, le ciel lui-même et la nuit pleine d'étoiles semblent des biens naturels. Mais au bas de l'échelle, le ciel reprend tout son sens : une grâce sans prix. Nuits d'été, mystères où crépitaient des étoiles ! Il y avait derrière l'enfant un couloir puant et sa petite chaise, crevée, s'enfonçait un peu sous lui. Mais les yeux levés, il buvait à même la nuit pure. Parfois passait un tramway, vaste et rapide. Un ivrogne enfin chantonnait au coin d'une rue sans parvenir à troubler le silence.

La mère de l'enfant restait aussi silencieuse. En certaines circonstances, on lui posait une question : « À quoi tu penses ? » « À rien », répondait-elle. Et c'est bien vrai. Tout est là, donc rien. Sa vie, ses intérêts, ses enfants se bornent à être là, d'une présence trop naturelle pour être sentie. Elle était infirme, pensait difficilement. Elle avait une mère rude et dominatrice qui sacrifiait tout à un amour-propre de bête susceptible et qui avait longtemps dominé l'esprit faible de sa fille. Émancipée par le mariage, celle-ci est docilement revenue, son mari mort. Il était mort au champ d'honneur, comme on dit. En bonne place, on peut voir dans un cadre doré la croix de guerre et la médaille militaire. L'hôpital a encore envoyé à la veuve un petit éclat d'obus retrouvé dans les chairs. La veuve l'a gardé. Il y a longtemps qu'elle n'a plus de chagrin. Elle a oublié son mari, mais parle encore du père de ses enfants. Pour élever ces derniers, elle travaille et donne son argent à sa mère. Celle-ci fait l'éducation des enfants avec une cravache. Quand elle frappe trop fort, sa fille lui dit : « Ne frappe pas sur la tête. » Parce que ce sont ses enfants, elle les aime bien. Elle les aime d'un égal amour qui ne s'est jamais révélé à eux. Quelquefois, comme en ces soirs dont lui se souvenait, revenue du travail exténuant (elle fait des ménages), elle trouve la maison vide. La vieille est aux commissions, les enfants encore à l'école. Elle se tasse alors sur une chaise et, les yeux vagues, se perd dans la poursuite éperdue d'une rainure du parquet. Autour d'elle, la nuit s'épaissit dans laquelle ce mutisme est d'une irrémédiable désolation. Si l'enfant entre à ce moment, il distingue la maigre silhouette aux épaules osseuses et s'arrête : il a peur. Il commence à sentir beaucoup de choses. À peine s'est-il aperçu de sa propre existence. Mais il a mal à pleurer devant ce silence animal. Il a pitié de sa mère, est-ce l'aimer ? Elle ne l'a jamais caressé puisqu'elle ne saurait pas. Il reste alors de longues minutes à la regarder. À se sentir étranger, il prend conscience de sa peine. Elle ne l'entend pas, car elle est sourde. Tout à l'heure, la vieille rentrera, la vie renaîtra : la lumière ronde de la lampe à pétrole, la toile cirée, les cris, les gros mots. Mais maintenant, ce silence marque un temps d'arrêt, un instant démesuré. Pour sentir cela confusément, l'enfant croit sentir dans l'élan qui l'habite, de l'amour pour sa mère. Et il le faut bien parce qu'après tout c'est sa mère.

Elle ne pense à rien. Dehors, la lumière, les bruits ; ici le silence dans la nuit. L'enfant grandira, apprendra. On l'élève et on lui demandera de la reconnaissance, comme si on lui évitait la douleur. Sa mère toujours aura ces silences. Lui croîtra en douleur. Être un homme, c'est ce qui compte. Sa grand-mère mourra, puis sa mère, lui.

La mère a sursauté. Elle a eu peur. Il a l'air idiot à la regarder ainsi. Qu'il aille faire ses devoirs. L'enfant a fait ses devoirs. Il est aujourd'hui dans un café sordide. Il est maintenant un homme. N'est-ce pas cela qui compte ? Il faut bien croire que non, puisque faire ses devoirs et accepter d'être un homme conduit seulement à être vieux.

L'Arabe dans son coin, toujours accroupi, tient ses pieds entre ses mains. Des terrasses monte une odeur de café grillé avec des bavardages animés de voix jeunes. Un remorqueur donne encore sa note grave et tendre. Le monde s'achève ici comme chaque jour et, de tous ses tourments sans mesure, rien ne demeure maintenant que cette promesse de paix. L'indifférence de cette mère étrange ! Il n'y a que cette immense solitude du monde qui m'en donne la mesure. Un soir, on avait appelé son fils — déjà grand — auprès d'elle. Une frayeur lui avait valu une sérieuse commotion cérébrale. Elle avait l'habitude de se mettre au balcon à la fin de la journée. Elle prenait une chaise et plaçait sa bouche sur le fer froid et salé du balcon. Elle regardait alors passer les gens. Derrière elle, la nuit s'amassait peu à peu. Devant elle, les magasins s'illuminaient brusquement. La rue se grossissait de monde et de lumières. Elle s'y perdait dans une contemplation sans but. Le soir dont il s'agit, un homme avait surgi derrière elle, l'avait traînée, brutalisée et s'était enfui en entendant du bruit. Elle n'avait rien vu, et s'était évanouie. Elle était couchée quand son fils arriva. Il décida sur l'avis du docteur de passer la nuit auprès d'elle. Il s'allongea sur le lit, à côté d'elle, à même les couvertures. C'était l'été. La peur du drame récent traînait dans la chambre surchauffée. Des pas bruissaient et des portes grinçaient. Dans l'air lourd, flottait l'odeur du vinaigre dont on avait rafraîchi la malade. Elle, de son côté, s'agitait, geignait, sursautait brusquement parfois. Elle le tirait alors de courtes somnolences d'où il surgissait trempé de sueur, déjà alerté — et où il retombait, pesamment, après un regard à la montre où dansait, trois fois répétée, la flamme de la veilleuse. Ce n'est que plus tard qu'il éprouva combien ils avaient été seuls en cette nuit. Seuls contre tous. Les « autres » dormaient, à l'heure où tous deux respiraient la fièvre. Dans cette vieille maison, tout semblait creux alors. Les tramways de minuit drainaient en s'éloignant toute l'espérance qui nous vient des hommes, toutes les certitudes que nous donne le bruit des villes. La maison résonnait encore de leur passage et par degrés tout s'éteignait. Il ne restait plus qu'un grand jardin de silence où croissaient parfois les gémissements apeurés de la malade. Lui ne s'était jamais senti aussi dépaysé. Le monde s'était dissous et avec lui l'illusion que la vie recommence tous les jours. Rien n'existait plus, études ou ambitions, préférences au restaurant ou couleurs favorites. Rien que la maladie et la mort où il se sentait plongé… Et pourtant, à l'heure même où le monde croulait, lui vivait. Et même il avait fini par s'endormir. Non cependant sans emporter l'image désespérante et tendre d'une solitude à deux. Plus tard, bien plus tard, il devait se souvenir de cette odeur mêlée de sueur et de vinaigre, de ce moment où il avait senti les liens qui l'attachaient à sa mère. Comme si elle était l'immense pitié de son cœur, répandue autour de lui, devenue corporelle et jouant avec application, sans souci de l'imposture, le rôle d'une vieille femme pauvre à l'émouvante destinée.

Maintenant le feu se recouvre de cendre dans le foyer. Et toujours le même soupir de la terre. Une derbouka[1] fait entendre son chant perlé. Une voix rieuse de femme s'y plaque. Des lumières avancent sur la baie — les barques de pêche sans doute qui rentrent dans la darse[2]. Le triangle de ciel que je vois de ma place est dépouillé des nuages du jour. Gorgé d'étoiles, il frémit sous un souffle pur et les ailes feutrées de la nuit battent lentement autour de moi. Jusqu'où ira cette nuit où je ne m'appartiens plus ? Il y a une vertu dangereuse dans le mot simplicité. Et cette nuit, je comprends qu'on puisse vouloir mourir parce que, au regard d'une certaine transparence de la vie, plus rien n'a d'importance. Un homme souffre et subit malheurs sur malheurs. Il les supporte, s'installe dans son destin. On l'estime. Et puis, un soir, rien : il rencontre un ami qu'il a beaucoup aimé. Celui-ci lui parle distraitement. En rentrant, l'homme se tue. On parle ensuite de chagrins intimes et de drame secret. Non. Et s'il faut absolument une cause, il s'est tué parce qu'un ami lui a parlé distraitement. Ainsi, chaque fois qu'il m'a semblé éprouver le sens profond du monde, c'est sa simplicité qui m'a toujours bouleversé. Ma mère, ce soir, et son étrange indifférence. Une autre fois, j'habitais dans une villa de banlieue, seul avec un chien, un couple de chats et leurs petits, tous noirs. La chatte ne pouvait les nourrir. Un à un, tous les petits mouraient. Ils remplissaient leur pièce d'ordures. Et chaque soir, en rentrant, j'en trouvais un tout raidi et les babines

---

1. Tambour en usage au Maghreb, fait d'une peau tendue sur l'extrémité pansue d'un tuyau de terre cuite, plus rarement de métal.
2. Bassin abrité, dans un port ; par exemple, le Vieux Port de Marseille.

retroussées. Un soir, je trouvai le dernier, mangé à moitié par sa mère. Il sentait déjà. L'odeur de mort se mélangeait à l'odeur d'urine. Je m'assis alors au milieu de toute cette misère et, les mains dans l'ordure, respirant cette odeur de pourriture, je regardai longtemps la flamme démente qui brillait dans les yeux verts de la chatte, immobile dans un coin. Oui. C'est bien ainsi ce soir. À un certain degré de dénuement, plus rien ne conduit à plus rien, ni l'espoir ni le désespoir ne paraissent fondés, et la vie tout entière se résume dans une image. Mais pourquoi s'arrêter là ? Simple, tout est simple, dans les lumières des phares, une verte, une rouge, une blanche ; dans la fraîcheur de la nuit et les odeurs de ville et de pouillerie qui montent jusqu'à moi. Si ce soir, c'est l'image d'une certaine enfance qui revient vers moi, comment ne pas accueillir la leçon d'amour et de pauvreté que je puis en tirer ? Puisque cette heure est comme un intervalle entre oui et non, je laisse pour d'autres heures l'espoir ou le dégoût de vivre. Oui, recueillir seulement la transparence et la simplicité des paradis perdus : dans une image. Et c'est ainsi qu'il n'y a pas longtemps, dans une maison d'un vieux quartier, un fils est allé voir sa mère. Ils sont assis face à face, en silence. Mais leurs regards se rencontrent :

« Alors, maman.

— Alors, voilà.

— Tu t'ennuies ? Je ne parle pas beaucoup ?

— Oh, tu n'as jamais beaucoup parlé. »

Et un beau sourire sans lèvres se fond sur son visage. C'est vrai, il ne lui a jamais parlé. Mais quel besoin, en vérité ? À se taire, la situation s'éclaircit. Il est son fils, elle est sa mère. Elle peut lui dire : « Tu sais. »

Elle est assise au pied du divan, les pieds joints, les mains jointes sur ses genoux. Lui, sur sa chaise, la regarde à peine et fume sans arrêt. Un silence.

« Tu ne devrais pas tant fumer.

— C'est vrai. »

Toute l'odeur du quartier remonte par la fenêtre. L'accordéon du café voisin, la circulation qui se presse au soir, l'odeur des brochettes de viande grillée qu'on mange entre des petits pains élastiques, un enfant qui pleure dans la rue. La mère se lève et prend un tricot. Elle a des doigts gourds que l'arthritisme a déformés. Elle ne travaille pas vite, reprenant trois fois la même maille ou défaisant toute une rangée avec un sourd crépitement.

« C'est un petit gilet. Je le mettrai avec un col blanc. Ça et mon manteau noir, je serai habillée pour la saison. »

Elle s'est levée pour donner de la lumière.

« Il fait nuit de bonne heure maintenant. »

C'était vrai. Ce n'était plus l'été et pas encore l'automne. Dans le ciel doux, des martinets criaient encore.

« Tu reviendras bientôt ?

— Mais je ne suis pas encore parti. Pourquoi parles-tu de ça ?

— Non, c'était pour dire quelque chose. »

Un tramway passe. Une auto.

« C'est vrai que je ressemble à mon père ?

— Oh, ton père tout craché. Bien sûr, tu ne l'as pas connu. Tu avais six mois quand il est mort. Mais si tu avais une petite moustache ! »

C'est sans conviction qu'il a parlé de son père. Aucun souvenir, aucune émotion. Sans doute, un homme comme tant d'autres. D'ailleurs, il était parti très enthousiaste. À la Marne[1], le crâne ouvert. Aveugle et agonisant pendant une

---

1. « À la Marne » : expression elliptique pour désigner la bataille de la Marne (septembre 1914), un des premiers et des plus meurtriers combats de la Première Guerre mondiale, à la suite duquel le père d'Albert Camus mourut à l'hôpital de Saint-Brieuc.

semaine : inscrit sur le monument aux morts de sa commune.

« Au fond, dit-elle, ça vaut mieux. Il serait revenu aveugle ou fou. Alors, le pauvre...

— C'est vrai. »

Et qu'est-ce donc qui le retient dans cette chambre, sinon la certitude que ça vaut toujours mieux, le sentiment que toute l'absurde simplicité du monde s'est réfugiée dans cette pièce.

« Tu reviendras ? dit-elle. Je sais bien que tu as du travail. Seulement, de temps en temps... »

Mais à cette heure, où suis-je ? Et comment séparer ce café désert de cette chambre du passé. Je ne sais plus si je vis ou si je me souviens. Les lumières des phares sont là. Et l'Arabe qui se dresse devant moi me dit qu'il va fermer. Il faut sortir. Je ne veux plus descendre cette pente si dangereuse. Il est vrai que je regarde une dernière fois la baie et ses lumières, que ce qui monte alors vers moi n'est pas l'espoir de jours meilleurs, mais une indifférence sereine et primitive[1] à tout et à moi-même. Mais il faut briser cette courbe trop molle et trop facile. Et j'ai besoin de ma lucidité. Oui, tout est simple. Ce sont les hommes qui compliquent les choses. Qu'on ne nous raconte pas d'histoires. Qu'on ne nous dise pas du condamné à mort : « Il va payer sa dette à la société », mais : « On va lui couper le cou. » Ça n'a l'air de rien. Mais ça fait une petite différence. Et puis, il y a des gens qui préfèrent regarder leur destin dans les yeux.

---

1. Désigne ici un comportement à la fois primordial et archaïque.

La Mort dans l'âme

J'arrivai à Prague à six heures du soir. Tout de suite, je portai mes bagages à la consigne. J'avais encore deux heures pour chercher un hôtel. Et je me sentais gonflé d'un étrange sentiment de liberté parce que mes deux valises ne pesaient plus à mes bras. Je sortis de la gare, marchai le long de jardins et me trouvai soudain jeté en pleine avenue Wenceslas, bouillonnante de monde à cette heure. Autour de moi, un million d'êtres qui avaient vécu jusque-là et de leur existence rien n'avait transpiré pour moi. Ils vivaient. J'étais à des milliers de kilomètres du pays familier. Je ne comprenais pas leur langage. Tous marchaient vite. Et me dépassant, tous se détachaient de moi. Je perdis pied.

J'avais peu d'argent. De quoi vivre six jours. Mais, au bout de ce temps, on devait me rejoindre. Pourtant, l'inquiétude me vint aussi à ce sujet. Je me mis donc à la recherche d'un hôtel modeste. J'étais dans la ville neuve et tous ceux qui m'apparaissaient éclataient de lumières, de rires et de femmes. J'allai plus vite. Quelque chose dans ma course précipitée ressemblant déjà à une fuite. Vers huit heures pourtant, fatigué, j'arrivai dans la vieille ville. Là, un hôtel d'apparence modeste, à petite entrée, me séduisit. J'entre. Je fais ma fiche, prends ma clef. J'ai la chambre n° 34, au troisième étage. J'ouvre la porte et me trouve dans une pièce très luxueuse. Je cherche l'indication d'un prix : il est deux fois plus élevé que je ne pensais. La question d'argent devient épineuse. Je ne peux plus vivre que pauvrement dans cette grande ville. L'inquiétude, encore indifférenciée tout à l'heure, se précise. Je suis mal à l'aise. Je me sens creux et vide. Un moment de lucidité pourtant : on m'a toujours attribué, à tort ou à raison, la plus grande indifférence à l'égard des questions d'argent. Que vient faire ici cette stupide appréhension ? Mais, déjà, l'esprit marche. Il faut manger, marcher à nouveau et chercher le restaurant modeste. Je ne dois pas dépenser plus de dix couronnes à chacun de mes repas. De tous les restaurants que je vois, le moins cher est aussi le moins accueillant. Je passe et repasse. À l'intérieur, on finit par prendre garde à mon manège : il faut entrer. C'est un caveau assez sombre, peint de fresques prétentieuses. Le public est assez mêlé. Quelques filles, dans un coin, fument et parlent avec gravité. Des hommes mangent, la plupart sans âge et sans couleur. Le garçon, un colosse au smoking graisseux, avance vers moi une énorme tête sans expression. Vite, au hasard, j'indique sur le menu, incompréhensible pour moi, un plat. Mais il paraît que ça vaut une explication. Et le garçon m'interroge en tchèque. Je réponds avec le peu d'allemand que je sais. Il ignore l'allemand. Je m'énerve. Lui appelle une des filles qui s'avance avec une pose classique, main gauche sur la hanche, cigarette dans la droite et sourire mouillé. Elle s'assied à ma table et m'interroge dans un allemand que je juge aussi mauvais que le mien. Tout s'explique. Le garçon voulait me vanter le plat du jour. Beau joueur, j'accepte le plat du jour. La fille me parle, mais je ne comprends plus. Naturellement, je dis oui de mon air le plus pénétré. Mais je ne suis pas ici. Tout m'exaspère, je vacille, je n'ai pas faim. Et toujours cette pointe douloureuse en moi et le ventre serré. J'offre un demi parce que je sais mes usages. Le plat du jour arrivé, je mange : un mélange de semoule et de viande, rendu écœurant par une quantité invraisemblable de cumin. Mais je pense à autre chose, à rien plutôt, fixant la bouche grasse et rieuse de la femme qui me fait face. Croit-elle à une invite ? Elle est déjà près de moi, se fait collante. Un geste machinal de moi la retient. (Elle était laide. J'ai souvent pensé que si cette fille avait été belle, j'eusse échappé à tout ce qui suivit.) J'avais peur d'être malade, là, au milieu de ces gens prêts à rire. Plus encore d'être seul dans ma chambre d'hôtel, sans argent et sans ardeur, réduit à moi-même et à mes misérables pensées. Je me demande, encore aujourd'hui, avec gêne, comment l'être hagard et lâche que j'étais alors a pu sortir de moi. Je partis. Je marchai dans la vieille ville, mais incapable de rester plus longtemps en face de moi-même, je courus jusqu'à mon hôtel, me couchai, attendis le sommeil qui vint presque aussitôt.

Tout pays où je ne m'ennuie pas est un pays qui ne m'apprend rien. C'est avec de telles phrases que j'essayais de me remonter. Mais vais-je décrire les jours qui suivirent ? Je retournai à mon restaurant. Matin et soir, je subis l'affreuse nourriture au cumin qui me soulevait le cœur. Par là, je promenai toute la journée une perpétuelle envie de vomir. Mais je n'y cédai pas, sachant qu'il fallait s'alimenter. D'ailleurs, qu'était cela au prix de ce qu'il eût fallu subir à essayer un nouveau restaurant ? Là du moins, j'étais « reconnu ». On me souriait si on ne m'y parlait pas. D'autre part, l'angoisse gagnait du terrain. Je considérais trop cette pointe aiguë dans mon cerveau. Je décidai d'organiser mes journées, d'y répandre des points d'appui. Je restais au lit le plus tard possible et mes journées se trouvaient diminuées d'autant. Je faisais ma toilette et j'explorais méthodiquement la ville. Je me perdais dans les somptueuses églises baroques, essayant d'y retrouver une patrie, mais sortant plus vide et plus désespéré de ce tête-à-tête décevant avec moi-même. J'errais le long de l'Vltava coupée de barrages bouillonnants. Je passais des heures démesurées dans l'immense quartier du Hradschin, désert et silencieux. À l'ombre de sa cathédrale et de ses palais, à l'heure où le soleil déclinait, mon pas solitaire faisait résonner les rues. Et m'en apercevant, la panique me reprenait. Je dînais tôt et me couchais à huit heures et demie. Le soleil m'arrachait à moi-même. Églises, palais et musées, je tentais d'adoucir mon angoisse dans toutes les œuvres d'art. Truc classique : je voulais résoudre ma révolte en mélancolie. Mais en vain. Aussitôt sorti, j'étais un étranger. Une fois pourtant, dans un cloître baroque, à l'extrémité de la ville, la douceur de l'heure, les cloches qui tintaient lentement, des grappes de pigeons se détachant de la vieille tour, quelque chose aussi comme un parfum d'herbes et de néant, fit naître en moi un silence tout peuplé de larmes qui me mit à deux doigts de la délivrance. Et rentré le soir, j'écrivis d'un trait ce qui suit et que je transcris avec fidélité parce que je retrouve dans son emphase même la complexité de ce qu'alors je ressentais : « Et quel autre profit vouloir tirer du voyage ? Me voici sans parure. Ville dont je ne sais pas lire les enseignes, caractères étranges où rien de familier ne s'accroche, sans amis à qui parler, sans divertissement enfin. De cette chambre où arrivent les bruits d'une ville étrangère, je sais bien que rien ne peut me tirer pour m'amener vers la lumière plus délicate d'un foyer ou d'un lieu aimé. Vais-je appeler, crier ? Ce sont des visages étrangers qui paraîtront. Églises, or et encens, tout me rejette dans une vie quotidienne où mon angoisse donne son prix à chaque chose. Et voici que le rideau des habitudes, le tissage confortable des gestes et des paroles où le cœur s'assoupit, se relève lentement et dévoile enfin la face blême de l'inquiétude.

L'homme est face à face avec lui-même : je le défie d'être heureux… Et c'est pourtant par là que le voyage l'illumine. Un grand désaccord se fait entre lui et les choses. Dans ce cœur moins solide, la musique du monde entre plus aisément. Dans ce grand dénuement enfin, le moindre arbre isolé devient la plus tendre et la plus fragile des images. Œuvres d'art et sourires de femmes, races d'hommes plantées dans leur terre et monuments où les siècles se résument, c'est un émouvant et sensible paysage que le voyage compose. Et puis, au bout du jour, cette chambre d'hôtel où quelque chose à nouveau se creuse en moi comme une faim de l'âme. » Mais ai-je besoin d'avouer que tout cela, c'étaient des histoires pour m'endormir. Et je puis bien le dire maintenant, ce qui me reste de Prague, c'est cette odeur de concombres trempés dans le vinaigre, qu'on vend à tous les coins de rues pour manger sur le pouce, et dont le parfum aigre et piquant réveillait mon angoisse et l'étoffait dès que j'avais dépassé le seuil de mon hôtel. Cela et peut-être aussi certain air d'accordéon. Sous mes fenêtres, un aveugle manchot, assis sur son instrument, le maintenait d'une fesse et le maniait de sa main valide. C'était toujours le même air puéril et tendre qui me réveillait le matin pour me placer brusquement dans la réalité sans décor où je me débattais.

Je me souviens encore que sur les bords de l'Vltava, je m'arrêtais soudain et, saisi par cette odeur ou cette mélodie, projeté tout au bout de moi-même, je me disais tout bas : « Qu'est-ce que ça signifie ? Qu'est-ce que ça signifie ? » Mais, sans doute, je n'étais pas encore arrivé aux confins. Le quatrième jour, au matin, vers dix heures, je me préparais à sortir. Je voulais voir certain cimetière juif que je n'avais pas pu trouver le jour précédent. On frappa à la porte d'une chambre voisine. Après un moment de silence, on frappa de nouveau. Longuement, cette fois, mais en vain apparemment. Un pas lourd descendit les étages. Sans y prêter attention, l'esprit creux, je perdis quelque temps à lire le mode d'emploi d'une pâte à raser dont j'usais d'ailleurs depuis un mois. La journée était lourde. Du ciel couvert, une lumière cuivrée descendait sur les flèches et les dômes de la vieille Prague. Les crieurs de journaux annonçaient comme tous les matins la *Narodni Politika*. Je m'arrachai avec peine à la torpeur qui me gagnait. Mais au moment de sortir, je croisai le garçon d'étage, armé de clefs. Je m'arrêtai. Il frappa de nouveau, longuement. Il tenta d'ouvrir. Rien n'y fit. Le verrou intérieur devait être poussé. Nouveaux coups. La chambre sonnait creux, et de façon si lugubre qu'oppressé, je partis sans vouloir rien demander. Mais dans les rues de Prague, j'étais poursuivi par un douloureux pressentiment. Comment oublierai-je la figure niaise du garçon d'étage, ses souliers vernis recourbés de façon bizarre, et le bouton qui manquait à sa veste ? Je déjeunai enfin, mais avec un dégoût croissant. Vers deux heures, je retournai à l'hôtel.

Dans le hall, le personnel chuchotait. Je montai rapidement les étages pour me trouver plus vite en face de ce que j'attendais. C'était bien cela. La porte de la chambre était à demi ouverte, de sorte que l'on voyait seulement un grand mur peint en bleu. Mais la lumière sourde dont j'ai parlé plus haut projetait sur cet écran l'ombre d'un mort étendu sur le lit et celle d'un policier montant la garde devant le corps. Les deux ombres se coupaient à angle droit. Cette lumière me bouleversa. Elle était authentique, une vraie lumière de vie, d'après-midi de vie, une lumière qui fait qu'on s'aperçoit qu'on vit. Lui était mort. Seul dans sa chambre. Je savais que ce n'était pas un suicide. Je rentrai précipitamment dans ma chambre et me jetai sur mon lit. Un homme comme beaucoup d'autres, petit et gros si j'en croyais l'ombre. Il y avait longtemps qu'il était mort sans doute. Et la vie avait continué dans l'hôtel, jusqu'à ce que le garçon ait eu l'idée de l'appeler. Il était arrivé là sans se douter de rien et il était mort seul. Moi, pendant ce temps, je lisais la réclame de ma pâte à raser. Je passai l'après-midi entier dans un état que j'aurais peine à décrire. J'étais étendu, la tête vide et le cœur étrangement serré. Je faisais mes ongles. Je comptais les rainures du parquet. « Si je peux compter jusqu'à mille... » À cinquante ou soixante, c'était la débâcle. Je ne pouvais aller plus loin. Je n'entendais rien des bruits du dehors. Une fois cependant, dans le couloir, une voix étouffée, une voix de femme qui disait en allemand : « Il était si bon. » Alors je pensai désespérément à ma ville, au bord de la Méditerranée, aux soirs d'été que j'aime tant, très doux dans la lumière verte et pleins de femmes jeunes et belles. Depuis des jours, je n'avais pas prononcé une seule parole et mon cœur éclatait de cris et de révoltes contenus. J'aurais pleuré comme un enfant si quelqu'un m'avait ouvert ses bras. Vers la fin de l'après-midi, brisé de fatigue, je fixais éperdument le loquet de ma porte, la tête creuse et ressassant un air populaire d'accordéon. À ce moment, je ne pouvais aller plus loin. Plus de pays, plus de ville, plus de chambre et plus de nom, folie ou conquête, humiliation ou inspiration, allais-je savoir ou me consumer ? On frappa à la porte et mes amis entrèrent. J'étais sauvé même si j'étais frustré. Je crois bien que j'ai dit : « Je suis content de vous revoir. » Mais je suis sûr que là se sont arrêtés mes aveux et que je suis resté à leurs yeux l'homme qu'ils avaient quitté.

Je quittai Prague peu après. Et certes, je me suis intéressé à ce que je vis ensuite. Je pourrais noter telle heure dans le petit cimetière gothique de Bautzen, le rouge éclatant de ses géraniums, et le matin bleu. Je pourrais parler des longues plaines de Silésie, impitoyables et ingrates. Je les ai traversées au petit jour. Un vol pesant d'oiseaux passait dans le matin brumeux et gras, au-dessus des terres gluantes. J'aimai aussi la Moravie tendre et grave, ses lointains purs, ses chemins bordés de pruniers aux fruits aigres. Mais je gardais au fond de moi l'étourdissement de ceux qui ont trop regardé dans une crevasse sans fond. J'arrivai à Vienne, en repartis au bout d'une semaine, et j'étais toujours prisonnier de moi-même.

Pourtant, dans le train qui me menait de Vienne à Venise, j'attendais quelque chose. J'étais comme un convalescent qu'on a nourri de bouillons et qui pense à ce que sera la première croûte de pain qu'il mangera. Une lumière naissait. Je le sais maintenant : j'étais prêt pour le bonheur. Je parlerai seulement des six jours que je vécus sur une colline près de Vicence. J'y suis encore, ou plutôt, je m'y retrouve parfois, et souvent tout m'est rendu dans un parfum de romarin.

J'entre en Italie. Terre faite à mon âme, je reconnais un à un les signes de son approche. Ce sont les premières maisons aux tuiles écailleuses, les premières vignes plaquées contre un mur que le sulfatage a bleui. Ce sont les premiers linges tendus dans les cours, le désordre des choses, le débraillé des hommes. Et le premier cyprès (si grêle et pourtant si droit), le premier olivier, le figuier poussiéreux. Places pleines d'ombres des petites villes italiennes, heures de midi où les pigeons cherchent un abri, lenteur et paresse, l'âme y use ses révoltes. La passion chemine par degrés vers les larmes. Et puis, voici Vicence. Ici, les journées tournent sur elles-mêmes, depuis l'éveil du jour gonflé du cri des poules jusqu'à ce soir sans égal, doucereux et tendre, soyeux derrière les cyprès et mesuré longuement par le chant des cigales. Ce silence intérieur qui m'accompagne, il naît de la course lente qui mène la journée à cette autre journée. Qu'ai-je à souhaiter d'autre que cette chambre ouverte sur la plaine, avec ses meubles antiques et ses dentelles au crochet. J'ai tout le ciel sur la face et ce tournoiement des journées, il me semble que je pourrais le suivre sans cesse, immobile, tournoyant avec elles. Je respire le seul bonheur dont je sois capable — une conscience attentive et amicale. Je me promène tout le jour : de la colline, je descends vers Vicence ou bien je vais plus avant dans la campagne. Chaque être rencontré, chaque odeur de cette rue, tout m'est prétexte pour aimer sans mesure[1]. Des jeunes femmes qui surveillent une colonie de vacances, la trompette des marchands de glaces (leur voiture, c'est une gondole montée sur roues et munie de brancards), les étalages de fruits, pastèques rouges aux graines noires, raisins translucides et gluants — autant d'appuis pour qui ne sait plus être seul*. Mais la flûte aigre et tendre des cigales, le parfum d'eaux et d'étoiles qu'on rencontre dans les nuits de septembre, les chemins odorants parmi les lentisques[2] et les roseaux, autant de signes d'amour pour qui est forcé d'être seul**. Ainsi, les journées passent. Après l'éblouissement des heures pleines de soleil, le soir vient, dans le décor splendide que lui font l'or du couchant et le noir des cyprès. Je marche alors sur la route, vers les cigales qui s'entendent de si loin. À mesure que j'avance, une à une, elles mettent leur chant en veilleuse, puis se taisent. J'avance d'un pas lent,

---

* C'est-à-dire tout le monde.
** C'est-à-dire tout le monde.
1. « Tout m'est prétexte pour aimer sans mesure » : cette formule préfigure celle de l'essai lyrique *Noces* (1939) : « Je comprends ici ce qu'on appelle gloire, le droit d'aimer sans mesure. »
2. Arbustes des régions méditerranéennes appartenant au groupe des pistachiers, comme les térébinthes.

oppressé par tant d'ardente beauté. Une à une, derrière moi, les cigales enflent leur voix puis chantent : un mystère dans ce ciel d'où tombent l'indifférence et la beauté. Et, dans la dernière lumière, je lis au fronton d'une villa : « In magnificentia naturae, resurgit spiritus[1] ». C'est là qu'il faut s'arrêter. La première étoile déjà, puis trois lumières sur la colline d'en face, la nuit soudain tombée sans rien qui l'ait annoncée, un murmure et une brise dans les buissons derrière moi, la journée s'est enfuie, me laissant sa douceur.

Bien sûr, je n'avais pas changé, je n'étais seulement plus seul. À Prague, j'étouffais entre des murs. Ici, j'étais devant le monde, et projeté autour de moi, je peuplais l'univers de formes semblables à moi. Car je n'ai pas encore parlé du soleil. De même que j'ai mis longtemps à comprendre mon attachement et mon amour pour le monde de pauvreté où s'est passée mon enfance, c'est maintenant seulement que j'entrevois la leçon du soleil et des pays qui m'ont vu naître. Un peu avant midi, je sortais et me dirigeais vers un point que je connaissais et qui dominait l'immense plaine de Vicence. Le soleil était presque au zénith, le ciel d'un bleu intense et aéré. Toute la lumière qui en tombait dévalait la pente des collines, habillait les cyprès et les oliviers, les maisons blanches et les toits rouges, de la plus chaleureuse des robes, puis allait se perdre dans la plaine qui fumait au soleil. Et chaque fois, c'était le même dénuement. En moi, l'ombre horizontale du petit homme gros et court. Et dans ces plaines tourbillonnantes au soleil et dans la poussière, dans ces collines rasées et toutes croûteuses d'herbes brûlées, ce que je touchais du doigt, c'était une forme dépouillée et sans attraits de ce goût du néant que je portais en moi. Ce pays me ramenait

---

1. Cette formule latine signifie : « Dans la splendeur de la nature, l'esprit se révèle. »

au cœur de moi-même et me mettait en face de mon angoisse secrète. Mais c'était l'angoisse de Prague et ce n'était pas elle. Comment l'expliquer ? Certes, devant cette plaine italienne, peuplée d'arbres, de soleil et de sourires, j'ai saisi mieux qu'ailleurs l'odeur de mort et d'inhumanité qui me poursuivait depuis un mois. Oui, cette plénitude sans larmes, cette paix sans joie qui m'emplissait, tout cela n'était fait que d'une conscience très nette de ce qui ne me revenait pas : d'un renoncement et d'un désintérêt. Comme celui qui va mourir et qui le sait ne s'intéresse pas au sort de sa femme, sauf dans les romans. Il réalise la vocation de l'homme qui est d'être égoïste, c'est-à-dire désespéré. Pour moi, aucune promesse d'immortalité dans ce pays. Que me faisait de revivre en mon âme, et sans yeux pour voir Vicence, sans mains pour toucher les raisins de Vicence, sans peau pour sentir la caresse de la nuit sur la route du Monte Berico à la villa Valmarana ?

Oui, tout ceci était vrai. Mais, en même temps, entrait en moi avec le soleil quelque chose que je saurais mal dire. À cette extrême pointe de l'extrême conscience, tout se rejoignait et ma vie m'apparaissait comme un bloc à rejeter ou à recevoir. J'avais besoin d'une grandeur. Je la trouvais dans la confrontation de mon désespoir profond et de l'indifférence secrète d'un des plus beaux paysages du monde. J'y puisais la force d'être courageux et conscient à la fois. C'était assez pour moi d'une chose si difficile et si paradoxale. Mais, peut-être, ai-je déjà forcé quelque chose de ce qu'alors je ressentais si justement. Au reste, je reviens souvent à Prague et aux jours mortels que j'y vécus. J'ai retrouvé ma ville. Parfois, seulement, une odeur aigre de concombre et de vinaigre vient réveiller mon inquiétude. Il faut alors que je pense à Vicence. Mais les deux me sont chères et je sépare mal mon amour de la lumière et de la vie d'avec mon secret attachement pour l'expérience désespérée que j'ai voulu décrire. On l'a compris déjà, et moi, je ne veux pas me résoudre à choisir. Dans la banlieue d'Alger, il y a un petit cimetière aux portes de fer noir. Si l'on va jusqu'au bout, c'est la vallée que l'on découvre avec la baie au fond. On peut longtemps rêver devant cette offrande qui soupire avec la mer. Mais quand on revient sur ses pas, on trouve une plaque « Regrets éternels », dans une tombe abandonnée. Heureusement, il y a les idéalistes pour arranger les choses.

Amour de vivre

La nuit à Palma, la vie reflue lentement vers le quartier des cafés chantants, derrière le marché : des rues noires et silencieuses jusqu'au moment où l'on arrive devant des portes persiennes où filtrent la lumière et la musique. J'ai passé près d'une nuit dans l'un de ces cafés. C'était une petite salle très basse, rectangulaire, peinte en vert, décorée de guirlandes roses. Le plafond boisé était couvert de minuscules ampoules rouges. Dans ce petit espace s'étaient miraculeusement casés un orchestre, un bar aux bouteilles multicolores et le public, serré à mourir, épaules contre épaules. Des hommes seulement. Au centre, deux mètres carrés d'espace libre. Des verres et des bouteilles en fusaient, envoyés par le garçon aux quatre coins de la salle. Pas un être ici n'était conscient. Tous hurlaient. Une sorte d'officier de marine m'éructait dans la figure des politesses chargées d'alcool. À ma table, un nain sans âge me racontait sa vie. Mais j'étais trop tendu pour l'écouter. L'orchestre jouait sans arrêt des mélodies dont on ne saisissait que le rythme parce que tous les pieds en donnaient la mesure. Parfois la porte s'ouvrait. Au milieu des hurlements, on encastrait un nouvel arrivant entre deux chaises*.

---

* Il y a une certaine aisance dans la joie qui définit la vraie civilisation. Et le peuple espagnol est un des rares en Europe qui soit civilisé.

Un coup de cymbale soudain et une femme sauta brusquement dans le cercle exigu, au milieu du cabaret. « Vingt et un ans », me dit l'officier. Je fus stupéfait. Un visage de jeune fille, mais sculpté dans une montagne de chair. Cette femme pouvait avoir un mètre quatre-vingts. Énorme, elle devait peser trois cents livres. Les mains sur les hanches, vêtue d'un filet jaune dont les mailles faisaient gonfler un damier de chair blanche, elle souriait ; et chacun des coins de sa bouche renvoyait vers l'oreille une série de petites ondulations de chair. Dans la salle, l'excitation n'avait plus de bornes. On sentait que cette fille était connue, aimée, attendue. Elle souriait toujours. Elle promena son regard autour du public, et toujours silencieuse et souriante, fit onduler son ventre en avant. La salle hurla, puis réclama une chanson qui paraissait connue. C'était un chant andalou, nasillard et rythmé sourdement par la batterie, toutes les trois mesures. Elle chantait et, à chaque coup, mimait l'amour de tout son corps. Dans ce mouvement monotone et passionné, de vraies vagues de chair naissaient sur ses hanches et venaient mourir sur ses épaules. La salle était comme écrasée. Mais, au refrain, la fille, tournant sur elle-même, tenant ses seins à pleines mains, ouvrant sa bouche rouge et mouillée, reprit la mélodie, en chœur avec la salle, jusqu'à ce que tout le monde soit levé dans le tumulte.

Elle, campée au centre, gluante de sueur, dépeignée, dressait sa taille massive, gonflée dans son filet jaune. Comme une déesse immonde sortant de l'eau, le front bête et bas, les yeux creux, elle vivait seulement par un petit tressaillement du genou comme en ont les chevaux après la course. Au milieu de la joie trépignante qui l'entourait, elle était comme l'image ignoble et exaltante de la vie, avec le désespoir de ses yeux vides et la sueur épaisse de son ventre...

Sans les cafés et les journaux, il serait difficile de voyager. Une feuille imprimée dans notre langue, un lieu où le soir nous tentons de coudoyer des hommes, nous permet de mimer dans un geste familier l'homme que nous étions chez nous, et qui, à distance, nous paraît si étranger. Car ce qui fait le prix du voyage, c'est la peur. Il brise en nous une sorte de décor intérieur. Il n'est plus possible de tricher — de se masquer derrière des heures de bureau et de chantier (ces heures contre lesquelles nous protestons si fort et qui nous défendent si sûrement contre la souffrance d'être seul). C'est ainsi que j'ai toujours envie d'écrire des romans où mes héros diraient : « Qu'est-ce que je deviendrais sans mes heures de bureau ? » ou encore : « Ma femme est morte, mais par bonheur, j'ai un gros paquet d'expéditions[1] à rédiger pour demain. » Le voyage nous ôte ce refuge. Loin des nôtres, de notre langue, arrachés à tous nos appuis, privés de nos masques (on ne connaît pas le tarif des tramways et tout est comme ça), nous sommes tout entiers à la surface de nous-mêmes. Mais aussi, à nous sentir l'âme malade, nous rendons à chaque être, à chaque objet, sa valeur de miracle. Une femme qui danse sans penser, une bouteille sur une table, aperçue derrière un rideau : chaque image devient un symbole. La vie nous semble s'y refléter tout entière, dans la mesure où notre vie à ce moment s'y résume. Sensible à tous les dons, comment dire les ivresses contradictoires que nous pouvons goûter (jusqu'à celle de la lucidité). Et jamais peut-être un pays, sinon la Méditerranée, ne m'a porté à la fois si loin et si près de moi-même.

Sans doute c'est de là que venait mon émotion du café de Palma. Mais à midi, au contraire, dans le quartier désert de la cathédrale, parmi les vieux palais aux cours fraîches,

---

1. Lettres, dépêches, copies de documents dont la rédaction puis l'envoi constituaient l'activité essentielle des employés de bureau.

dans les rues aux odeurs d'ombre, c'est l'idée d'une certaine « lenteur » qui me frappait. Personne dans ces rues. Aux miradors, de vieilles femmes figées. Et marchant le long des maisons, m'arrêtant dans les cours pleines de plantes vertes et de piliers ronds et gris, je me fondais dans cette odeur de silence, je perdais mes limites, n'étais plus que le son de mes pas, ou ce vol d'oiseaux dont j'apercevais l'ombre sur le haut des murs encore ensoleillé. Je passais aussi de longues heures dans le petit cloître gothique de San Francisco. Sa fine et précieuse colonnade luisait de ce beau jaune doré qu'ont les vieux monuments en Espagne. Dans la cour, des lauriers roses, de faux poivriers, un puits de fer forgé d'où pendait une longue cuiller de métal rouillé. Les passants y buvaient. Parfois, je me souviens encore du bruit clair qu'elle faisait en retombant sur la pierre du puits. Pourtant, ce n'était pas la douceur de vivre que ce cloître m'enseignait. Dans les battements secs de ses vols de pigeons, le silence soudain blotti au milieu du jardin, dans le grincement isolé de sa chaîne de puits, je retrouvais une saveur nouvelle et pourtant familière. J'étais lucide et souriant devant ce jeu unique des apparences. Ce cristal où souriait le visage du monde, il me semblait qu'un geste l'eût fêlé. Quelque chose allait se défaire, le vol des pigeons mourir et chacun d'eux tomber lentement sur ses ailes déployées. Seuls, mon silence et mon immobilité rendaient plausible ce qui ressemblait si fort à une illusion. J'entrais dans le jeu. Sans être dupe, je me prêtais aux apparences. Un beau soleil doré chauffait doucement les pierres jaunes du cloître. Une femme puisait de l'eau au puits. Dans une heure, une minute, une seconde, maintenant peut-être, tout pouvait crouler. Et pourtant le miracle se poursuivait. Le monde durait, pudique, ironique et discret (comme certaines formes douces et retenues de l'amitié des femmes). Un équilibre se poursuivait, coloré pourtant par toute l'appréhension de sa propre fin.

Là était tout mon amour de vivre : une passion silencieuse pour ce qui allait peut-être m'échapper, une amertume sous une flamme. Chaque jour, je quittais ce cloître comme enlevé à moi-même, inscrit pour un court instant dans la durée du monde. Et je sais bien pourquoi je pensais alors aux yeux sans regard des Apollons doriques[1] ou aux personnages brûlants et figés de Giotto*[2]. C'est qu'à ce moment, je comprenais vraiment ce que pouvaient m'apporter de semblables pays. J'admire qu'on puisse trouver au bord de la Méditerranée des certitudes et des règles de vie, qu'on y satisfasse sa raison et qu'on y justifie un optimisme et un sens social. Car enfin, ce qui me frappait alors ce n'était pas un monde fait à la mesure de l'homme — mais qui se refermait sur l'homme. Non, si le langage de ces pays s'accordait à ce qui résonnait profondément en moi, ce n'est pas parce qu'il répondait à mes questions, mais parce qu'il les rendait inutiles. Ce n'était pas des actions de grâces qui pouvaient me monter aux lèvres, mais ce Nada[3] qui n'a pu naître que devant des paysages écrasés de soleil. Il n'y a pas d'amour de vivre sans désespoir de vivre.

À Ibiza, j'allais tous les jours m'asseoir dans les cafés qui

---

* C'est avec l'apparition du sourire et du regard que commencent la décadence de la sculpture grecque et la dispersion de l'art italien. Comme si la beauté cessait où commençait l'esprit.

1. Statues à l'effigie du dieu Apollon. Le dorique se caractérise par sa simplicité architecturale.

2. Giotto di Bondone (1266-1337), peintre et architecte italien. Son œuvre, constituée uniquement de fresques, représentant notamment la vie de la Vierge à Padoue, préfigure l'essor exceptionnel de l'art religieux en Italie.

3. Mot espagnol signifiant « rien du tout », symbole de l'attitude nihiliste devant la vie.

jalonnent le port. Vers cinq heures, les jeunes gens du pays se promènent sur deux rangs tout le long de la jetée. Là se font les mariages et la vie tout entière. On ne peut s'empêcher de penser qu'il y a une certaine grandeur à commencer ainsi sa vie devant le monde. Je m'asseyais, encore tout chancelant du soleil de la journée, plein d'églises blanches et de murs crayeux, de campagnes sèches et d'oliviers hirsutes. Je buvais un orgeat douceâtre. Je regardais la courbe des collines qui me faisaient face. Elles descendaient doucement vers la mer. Le soir devenait vert. Sur la plus grande des collines, la dernière brise faisait tourner les ailes d'un moulin. Et, par un miracle naturel, tout le monde baissait la voix. De sorte qu'il n'y avait plus que le ciel et des mots chantants qui montaient vers lui, mais qu'on percevait comme s'ils venaient de très loin. Dans ce court instant de crépuscule, régnait quelque chose de fugace et de mélancolique qui n'était pas sensible à un homme seulement, mais à un peuple tout entier. Pour moi, j'avais envie d'aimer comme on a envie de pleurer. Il me semblait que chaque heure de mon sommeil serait désormais volée à la vie... c'est-à-dire au temps du désir sans objet. Comme dans ces heures vibrantes du cabaret de Palma et du cloître de San Francisco, j'étais immobile et tendu, sans forces contre cet immense élan qui voulait mettre le monde entre mes mains.

Je sais bien que j'ai tort, qu'il y a des limites à se donner. À cette condition, l'on crée. Mais il n'y a pas de limites pour aimer et que m'importe de mal étreindre si je peux tout embrasser. Il y a des femmes à Gênes dont j'ai aimé le sourire tout un matin. Je ne les reverrai plus et, sans doute, rien n'est plus simple. Mais les mots ne couvriront pas la flamme de mon regret. Petit puits du cloître de San Francisco, j'y regardais passer des vols de pigeons et j'en oubliais ma soif. Mais un moment venait toujours où ma soif renaissait.

L'Envers et l'Endroit

C'était une femme originale et solitaire. Elle entretenait un commerce[1] étroit avec les esprits, épousait leurs querelles et refusait de voir certaines personnes de sa famille mal considérées dans le monde où elle se réfugiait.

Un petit héritage lui échut qui venait de sa sœur. Ces cinq mille francs, arrivés à la fin d'une vie, se révélèrent assez encombrants. Il fallait les placer. Si presque tous les hommes sont capables de se servir d'une grosse fortune, la difficulté commence quand la somme est petite. Cette femme resta fidèle à elle-même. Près de la mort, elle voulut abriter ses vieux os. Une véritable occasion s'offrait à elle. Au cimetière de sa ville, une concession[2] venait d'expirer et, sur ce terrain, les propriétaires avaient érigé un somptueux caveau, sobre de lignes, en marbre noir, un vrai trésor à tout dire, qu'on lui laissait pour la somme de quatre mille francs. Elle acheta ce caveau. C'était là une valeur sûre, à l'abri des fluctuations boursières et des événements politiques. Elle fit aménager la fosse intérieure, la tint prête à recevoir son propre

---

1. Employé ici au sens de relation personnelle, échange verbal.
2. Désigne, au cimetière, une portion de terrain que l'on achète à la municipalité pour y faire édifier un tombeau.

corps. Et, tout achevé, elle fit graver son nom en capitales d'or.

Cette affaire la contenta si profondément qu'elle fut prise d'un véritable amour pour son tombeau. Elle venait voir au début les progrès des travaux. Elle finit par se rendre visite tous les dimanches après-midi. Ce fut son unique sortie et sa seule distraction. Vers deux heures de l'après-midi, elle faisait le long trajet qui l'amenait aux portes de la ville où se trouvait le cimetière. Elle entrait dans le petit caveau, refermait soigneusement la porte, et s'agenouillait sur le prie-Dieu. C'est ainsi que, mise en présence d'elle-même, confrontant ce qu'elle était et ce qu'elle devait être, retrouvant l'anneau d'une chaîne toujours rompue, elle perça sans effort les desseins secrets de la Providence. Par un singulier symbole, elle comprit même un jour qu'elle était morte aux yeux du monde. À la Toussaint, arrivée plus tard que d'habitude, elle trouva le pas de la porte pieusement jonché de violettes. Par une délicate attention, des inconnus compatissants devant cette tombe laissée sans fleurs, avaient partagé les leurs et honoré la mémoire de ce mort abandonné à lui-même.

Et voici que je reviens sur ces choses. Ce jardin de l'autre côté de la fenêtre, je n'en vois que les murs. Et ces quelques feuillages où coule la lumière. Plus haut, c'est encore les feuillages. Plus haut, c'est le soleil. Mais de toute cette jubilation de l'air que l'on sent au-dehors, de toute cette joie épandue sur le monde, je ne perçois que des ombres de ramures qui jouent sur mes rideaux blancs. Cinq rayons de soleil aussi qui déversent patiemment dans la pièce un parfum d'herbes séchées. Une brise, et les ombres s'animent sur le rideau. Qu'un nuage couvre puis découvre le soleil, et de l'ombre émerge le jaune éclatant de ce vase de mimosas. Il suffit : une seule lueur naissante, me voilà rempli d'une joie confuse et étourdissante. C'est un après-midi de janvier qui me met ainsi en face de l'envers du monde. Mais le froid reste au fond de l'air. Partout une pellicule de soleil qui craquerait sous l'ongle, mais qui revêt toutes choses d'un éternel sourire. Qui suis-je et que puis-je faire, sinon entrer dans le jeu des feuillages et de la lumière ? Être ce rayon où ma cigarette se consume, cette douceur et cette passion discrète qui respire dans l'air. Si j'essaie de m'atteindre, c'est tout au fond de cette lumière. Et si je tente de comprendre et de savourer cette délicate saveur qui livre le secret du monde, c'est moi-même que je trouve au fond de l'univers. Moi-même, c'est-à-dire cette extrême émotion qui me délivre du décor.

Tout à l'heure, d'autres choses, les hommes et les tombes qu'ils achètent. Mais laissez-moi découper cette minute dans l'étoffe du temps. D'autres laissent une fleur entre des pages, y enferment une promenade où l'amour les a effleurés. Moi aussi, je me promène, mais c'est un dieu qui me caresse. La vie est courte et c'est péché de perdre son temps. Je suis actif, dit-on. Mais être actif, c'est encore perdre son temps, dans la mesure où l'on se perd. Aujourd'hui est une halte et mon cœur s'en va à la rencontre de lui-même. Si une angoisse encore m'étreint, c'est de sentir cet impalpable instant glisser entre mes doigts comme les perles du mercure. Laissez donc ceux qui veulent tourner le dos au monde. Je ne me plains pas puisque je me regarde naître. À cette heure, tout mon royaume est de ce monde. Ce soleil et ces ombres, cette chaleur et ce froid qui vient du fond de l'air : vais-je me demander si quelque chose meurt et si les hommes souffrent puisque tout est écrit dans cette fenêtre où le ciel déverse la plénitude à la rencontre de ma pitié. Je peux dire et je dirai tout à l'heure que ce qui compte c'est d'être humain et simple. Non, ce qui compte, c'est d'être vrai et alors tout s'y inscrit, l'humanité et la simplicité. Et quand donc suis-je plus vrai que lorsque je suis le monde ? Je suis comblé avant d'avoir désiré. L'éternité est là et moi je l'espérais. Ce n'est plus d'être heureux que je souhaite maintenant, mais seulement d'être conscient.

Un homme contemple et l'autre creuse son tombeau : comment les séparer ? Les hommes et leur absurdité ? Mais voici le sourire du ciel. La lumière se gonfle et c'est bientôt l'été ? Mais voici les yeux et la voix de ceux qu'il faut aimer. Je tiens au monde par tous mes gestes, aux hommes par toute ma pitié et ma reconnaissance. Entre cet endroit et cet envers du monde, je ne veux pas choisir, je n'aime pas qu'on choisisse. Les gens ne veulent pas qu'on soit lucide et ironique. Ils disent : « ça montre que vous n'êtes pas bon ». Je ne vois pas le rapport. Certes, si j'entends dire à l'un qu'il est immoraliste, je traduis qu'il a besoin de se donner une morale ; à l'autre qu'il méprise l'intelligence, je comprends qu'il ne peut pas supporter ses doutes. Mais parce que je n'aime pas qu'on triche. Le grand courage, c'est encore de tenir les yeux ouverts sur la lumière comme sur la mort. Au reste, comment dire le lien qui mène de cet amour dévorant de la vie à ce désespoir secret. Si j'écoute l'ironie*, tapie au fond des choses, elle se découvre lentement. Clignant son œil petit et clair : « Vivez comme si... », dit-elle. Malgré bien des recherches, c'est là toute ma science.

Après tout, je ne suis pas sûr d'avoir raison. Mais ce n'est pas l'important si je pense à cette femme dont on me racontait l'histoire. Elle allait mourir et sa fille l'habilla pour la tombe pendant qu'elle était vivante. Il paraît en effet que la chose est plus facile quand les membres ne sont pas raides. Mais c'est curieux tout de même comme nous vivons parmi des gens pressés.

---

* Cette *garantie de liberté* dont parle Barrès.

DOSSIER

Du tableau

au texte

Bertrand Leclair

Du tableau au texte

La Mère de l'artiste
de Paul Gauguin

… le portrait de la mère de l'artiste réclame une véritable maturité…

« Si ce soir, c'est l'image d'une certaine enfance qui revient vers moi, comment ne pas accueillir la leçon d'amour et de pauvreté que je puis en tirer ? Puisque cette heure est comme un intervalle entre oui et non, je laisse pour d'autres heures l'espoir ou le dégoût de vivre. Oui, recueillir seulement la transparence et la simplicité des paradis perdus : dans une image », écrit Camus dans le texte « Entre oui et non », placé sous le signe de Marcel Proust, dès sa première phrase (« S'il est vrai que les seuls paradis sont ceux qu'on a perdus… »), qui détourne une citation du *Temps retrouvé* : « Les vrais paradis sont les paradis qu'on a perdus. »

On sait l'importance cruciale de la figure maternelle dans l'œuvre d'Albert Camus, une importance que l'on pourrait dire parabolique puisqu'elle est évidente aux deux extrémités de son œuvre : centrale dans *L'Envers et l'Endroit*, elle le redevient dans le manuscrit du *Premier Homme* publié trente-quatre ans après la mort de l'écrivain. Certains critiques ont d'ailleurs pu affirmer que *Le Premier Homme* réussit magistralement le roman d'inspiration autobiographique que Camus avait échoué à mener à son terme en 1934, et dont de nombreuses pages ont été reprises dans *L'Envers et l'Endroit*. C'est dans ce manuscrit intitulé « Louis Raingeard » qu'il écrivit : « C'était cela qui valait à ses yeux. Et de tout cela sa mère était le vivant symbole. […] Louis savait bien que tout ce qui faisait sa sensibilité, c'était tel jour où il avait compris qu'il était né de sa mère et que celle-ci, tapie dans le noir, ne pensait jamais. »

Si la figure maternelle est omniprésente dans la littérature, en particulier au XXe siècle, de Proust à Pierre Michon en passant par Albert Cohen (*Belle du Seigneur*), les peintres sont nettement moins nombreux à l'avoir célébrée. C'est sans doute que le portrait de la mère de l'artiste est un exercice qui réclame une véritable maturité : pour s'autoriser un jeu de mots, il semble qu'il ne soit pas si facile de voir sa propre mère en peinture (sans parler de l'encadrer). De Rembrandt à Whistler ou Giacometti, les artistes qui ont mis leur mère au centre d'un chef-d'œuvre l'ont fait, le plus souvent, tardivement, alors que le modèle portait les stigmates de l'âge.

… De la mère de Gauguin, il ne restait plus que quelques traces, dont une unique photographie…

Paul Gauguin (1848-1903) avait d'ailleurs lui-même plus de quarante ans lorsqu'il a peint ce portrait, sans doute en 1890, peu avant son premier départ pour

Tahiti ; Aline, sa mère, ne doit de conserver sur la toile une éternelle et vibrante jeunesse qu'à sa mort prématurée, vingt-trois ans plus tôt, en 1867. Gauguin n'était pas à son chevet, puisqu'il n'a appris sa disparition qu'à l'occasion tardive d'une escale aux Indes : âgé de dix-neuf ans, il était déjà à l'autre bout du monde, engagé dans la marine marchande comme pilotin depuis 1865. Du fait de la guerre, il ne devait revenir à Paris qu'en 1871, pour découvrir que les papiers et les souvenirs de sa famille avaient tous disparu avec leur maison de Saint-Cloud dans un incendie provoqué par les Prussiens, durant le siège de Paris. De sa mère, il ne restait plus que quelques traces, dont une unique photographie qu'il a soigneusement conservée et qui nous est parvenue, ce qui permet de mesurer l'important travail de transposition accompli par le peintre à partir de ce vieux cliché abîmé : une transposition baignée de nostalgie. La tonalité du tableau accentue encore cette impression de rêverie mélancolique, sans vouloir trancher le rôle du jaune ici dominant, symbole solaire de la vitalité dans les cultures orientales alors que l'Occident s'en méfie de longue date, comme de la couleur du traître. La vie, cette traîtresse qui, sans prévenir, vous enlève un être cher et vous rend brusquement orphelin à vingt ans….

De la photo à la toile, seule la disposition du modèle ne varie pas. Alors que la première montre une jeune fille sage de l'époque romantique, sans doute encore pensionnaire, la toile qui s'en inspire accentue résolument l'exotisme du modèle. Le chaste col de dentelle laisse place à un ruban, la peau est plus foncée, la bouche plus épaisse, sensuelle. Mais ce qui change encore davantage, ce sont les yeux : la photographie témoigne d'un regard empreint de tristesse et d'ennui, perdu dans le vague sous des paupières lourdes, conférant à la jeune femme un air modeste et trop sage. Ce n'est que sur la toile que les yeux noirs sont rivés sur le spectateur, et avant lui sur le peintre, qui semble s'y mirer comme dans l'autoportrait d'un artiste voyageant au temps de l'enfance. « Ce que ma mère était gracieuse et jolie quand elle mettait son costume de Liméenne, la mantille de soie couvrant le visage et ne laissant voir qu'un seul œil : cet œil si doux et si impératif, si pur et caressant », devait-il écrire dans ses Mémoires, intitulés *Avant et après* et rédigés en 1903 aux îles Marquises, à la toute fin de sa vie.

… peinte dans le temps suspendu d'une quête résolument intime…

D'un petit format (41 × 33 cm), la toile est à la vérité d'autant plus émouvante qu'elle n'est pas signée : peinte dans le temps suspendu d'une quête résolument intime, comme si « quelque chose de tendre et d'inhumain [l']habitait » ce jour-là, elle n'était pas destinée à la vente, et ne fut exposée qu'après la mort de l'artiste. On peut en déduire que c'est bien « la transparence et la simplicité d'un paradis perdu » que cherche Paul Gauguin dans les yeux maternels à jamais disparus, lorsqu'il réalise ce tableau. Gauguin est alors en Bretagne, basé à Pont-Aven puis au Pouldu où il est revenu après son tragique séjour à Arles : répondant à l'invitation pressante de Vincent Van Gogh, il n'aura travaillé que deux mois à ses côtés avant que leur cohabitation se termine dans la folie la plus désastreuse (Van Gogh se tranchant l'oreille la nuit du départ de Gauguin).

Considéré depuis peu comme l'un des artistes les plus novateurs de l'époque, Gauguin est alors entouré de jeunes peintres admiratifs, parmi lesquels Paul Sérusier, Émile Bernard ou Meyer de Haan. Ensemble, ils ont tourné dans leur refuge breton la page de l'impressionnisme, devenu académique, en créant à grand renfort de couleurs pures le mouvement dit du « synthétisme ». Ces années-là, Gauguin est d'ailleurs érigé en héros du symbolisme en peinture par l'avant-garde des jeunes littérateurs parisiens, qui écrivent ses louanges dans le *Mercure de France*. Sans parvenir pour autant à sortir de la misère économique qui le poursuit depuis que, dix-huit ans auparavant, il a décidé de renoncer à son métier de courtier, il sait désormais où il va, ce qu'il cherche en peinture : retrouver la « sauvagerie », l'élan et la conviction profonde du primitivisme. C'est en accentuant encore cette démarche qu'il peint deux de ses chefs-d'œuvre les plus volontaristes et déroutants : *La Belle Angèle*, au visage endormi « de jeune vache [...] si frais et si campagne », comme l'écrivit Théo Van Gogh à son frère, et *Le Christ jaune*. Réalisé d'après une sculpture polychrome dénichée dans une église bretonne, ce dernier enthousiasma le critique Octave Mirbeau qui y voyait « un mélange inquiétant et savoureux de splendeur barbare, de liturgie catholique, de rêverie hindoue, d'imagerie gothique, de symbolisme obscur et subtil », rien de moins. C'est à la même époque que, rêvant déjà à un départ pour les tropiques où chercher de nouveaux paysages et de nouvelles couleurs, Gauguin peint une *Ève* exotique annonciatrice de bien des toiles tahitiennes, joyeusement païenne et irrévérencieuse. Notant la ressemblance troublante entre le visage de cette *Ève* exotique et le portrait maternel, les historiens pensent que Gauguin s'est inspiré de la photographie dont il a également tiré le portrait d'Aline à la même époque, sinon simultanément.

… essayant d'entraîner d'autres peintres dans la création d'un « atelier des tropiques »…

Il faut encore préciser qu'à immortaliser sa mère en toute jeune femme, voire à l'élever au rang d'une forme d'idéal féminin exotique, la nostalgie ne peut que redoubler : Gauguin ne peut pas ne pas songer à ses propres enfants, et en particulier à sa fille aînée, elle aussi prénommée Aline, qu'il a toujours présentée comme son enfant préférée. En quittant, en 1886, ses cinq enfants qu'il a laissés avec sa femme, Mette, au Danemark, il était persuadé de pouvoir les faire venir sous peu en France : dès que le succès le lui permettrait. Il n'a pas eu les moyens de seulement retourner les voir, malgré l'attachement profond qui le lie à eux. Aline avait six ans quand il a quitté Copenhague, elle en aura bientôt treize : Gauguin se demande-t-il jusque dans quelle mesure elle ressemble désormais à la jeune fille qu'il tente de rendre à jamais présente sur la toile ? C'est à son aînée qu'il dédiera ses premiers écrits, tentant de justifier, ou en tout cas d'expliquer, sa fuite sous les tropiques dans le « Cahier pour Aline », rédigé à Tahiti.

Dans l'entêtement qui est l'une des marques profondes de sa vie comme de son œuvre (« J'ai voulu vouloir », écrira-t-il, précisément dans le « Cahier pour Aline »), ce moment où il comprend que l'échec familial est définitif l'incite, non pas aux regrets, mais à aller plus loin encore dans sa quête, et, pourquoi pas, au bout du monde. Avant de se décider pour Tahiti, il songe à plusieurs destinations, essayant en vain d'entraîner d'autres peintres dans la création d'un « atelier des tropiques » où vivre à moindres frais, et il prépare ce grand départ dans un mélange d'exaltation et de frayeur. Le portrait de sa mère, empreint de tendresse, témoigne à sa façon de sentiments troubles de cet ordre, dans le même temps qu'il annonce les femmes tahitiennes dont il cherchera bientôt à rendre « l'or de leurs corps », pour citer le titre d'un tableau aujourd'hui exposé au musée d'Orsay. C'est un constat que l'on ne peut évidemment faire que rétrospectivement, mais qui n'en reste pas moins étonnant : alors qu'il se trouve à un point nodal de son existence, prêt à basculer définitivement dans l'aventure au nom de l'art, Gauguin effectue de fait un étrange renversement entre l'avant et l'après, entre l'envers et l'endroit de sa biographie. C'est que son histoire familiale participe, de fait, de ce renversement : si l'avenir de Gauguin est placé sous le signe des tropiques, son paradis perdu regorgeait, lui aussi, de teintes exotiques, puisqu'il a passé cinq des six premières années de sa vie, avec sa mère, au Pérou.

… Gauguin et Camus partagent cet élément essentiel : la mort du père aux premiers temps de leur existence…

Aussi différentes soient-elles, les biographies de Gauguin et de Camus partagent d'ailleurs cet élément essentiel : la mort du père aux premiers temps de leur existence. Ni l'un ni l'autre ne l'ont connu, et le peintre aurait pu, comme l'écrivain dans l'un des brouillons de « L'Ironie », commencer ainsi sa propre histoire : « Il y avait une fois une femme que la mort de son mari avait rendue pauvre avec deux enfants. » Les circonstances valent qu'on s'y arrête. Né en 1848, le futur peintre était le deuxième enfant de Clovis et Aline Gauguin, née Chazal, elle-même fille d'un graveur rendu célèbre par le procès que lui valut une tentative d'assassinat sur sa femme, l'héroïne passionnée du socialisme romantique Flora Tristan, amie de Proudhon et auteur féministe des *Pérégrinations d'une paria*. Dans ses Mémoires, Gauguin n'évoque pas la tentative d'assassinat, mais parle avec un mélange d'ironie et de fierté de cette grand-mère morte avant sa naissance : « Proudhon disait qu'elle avait du génie. N'en sachant rien, je me fie à Proudhon. Elle inventa des tas d'histoires anarchistes, entre autres l'Union ouvrière [...]. Ce que je peux assurer cependant, c'est que Flora Tristan était une fort jolie et noble dame. Je sais aussi qu'elle employa toute sa fortune à la cause ouvrière, voyageant sans cesse. Entre-temps, elle alla au Pérou voir son oncle le citoyen Don Pio de Tristan de Moscoso (famille d'Aragon). » Ce lien avec la famille mythique d'Aragon laisse les historiens dubitatifs, mais ce qui est sûr, c'est que la fille de Flora Tristan fut, quant à elle, « entièrement élevée dans une pension », qu'elle n'en sortit que pour se marier en 1846 avec Clovis Gauguin, alors chroniqueur politique au journal d'Adolphe Thiers, *Le National*, où il devait bientôt mener campagne contre Louis-Napoléon Bonaparte.

Craignant les représailles ou anticipant le coup d'État du futur Napoléon III après les événements de 1848, le jeune journaliste engagé s'embarque à l'été 1849 avec sa femme et ses deux enfants en direction de la famille péruvienne de Flora Tristan, projetant de fonder un journal à Lima. Il n'atteindra jamais le Pérou : alors qu'une série de vives altercations avec le capitaine l'ont incité à quitter le navire lors d'une escale à Port-Famine, dans le détroit de Magellan, il s'effondre, victime d'une rupture d'anévrisme sous les yeux d'Aline au moment de monter dans la chaloupe. Aline n'a plus qu'à continuer le voyage avec ses deux enfants de un et deux ans, en espérant un bon accueil du vieux Don Pio Tristan, le patriarche qui approche des quatre-vingt-dix ans. Les six années qu'ils passeront à Lima sont peut-être les plus belles de la vie de Gauguin. C'est du moins l'impression qu'il en donne dans son crépuscule polynésien, peu avant de mourir à Hiva Hoa : « Lima, en ce temps, ce pays délicieux où il ne pleut jamais... »

Lima lui fut réellement un paradis perdu, qui le hantera sa vie durant, lui qui n'aimait rien tant que se présenter comme un « sauvage du Pérou ». Comme le portrait d'Aline, les souvenirs de Gauguin ont la douceur d'une mélancolie profonde : « Le vieux, tout vieil oncle, Don Pio devint tout à fait amoureux de sa nièce, si jolie. Il s'était remarié à quatre-vingts ans, et il avait eu de ce mariage plusieurs enfants, entre autres Echenique qui fut longtemps président de la République du Pérou. Ma mère fut au milieu de cette nombreuse famille une véritable enfant gâtée », écrit-il encore. Il n'a pas oublié qu'elle n'était pas tendre tous les jours : « En qualité de très noble dame espagnole, ma mère était violente et je reçus quelques gifles d'une petite main souple comme du caoutchouc, il est vrai que quelques minutes après, ma mère, en pleurant, m'embrassait et me couvait. » Il a sans doute oublié, en revanche, cette mention portée par Aline dans son testament, unique témoignage qui nous soit parvenu du caractère de Gauguin adolescent, avant qu'il s'engage dans la marine : « Quant à mon cher fils, lui-même devra se faire sa carrière, car il a su si peu se faire aimer de tous mes amis, qu'il va se trouver bien abandonné. » La postérité des notaires est cruelle, quand elle préfère ne laisser comme unique trace de l'attachement maternel qu'une phrase aussi lapidaire. Il reste l'art, heureusement, pour exprimer l'amour et la tendresse.

DOSSIER

Le texte
en perspective

Geneviève Winter

SOMMAIRE

Mouvement littéraire : Entre « amour de vivre et désespoir de vivre » — **91**
  1. La quête d'un nouvel humanisme — 92
  2. Des motifs obsédants — 97
  3. Une vision tragique et solidaire du monde — 100

Genre et registre : *L'Envers et l'Endroit* entre essai et fiction — **107**
  1. Essai ou récit, essai et récit — 108
  2. « Comment m'entendez-vous ? Je parle de si loin. » — 111

L'écrivain à sa table de travail : « Je sais que ma source est dans *L'Envers et l'Endroit* » — **120**
  1. Ébauches textuelles et « métaphysique en acte » — 121
  2. « Une source jamais tarie » — 128

Groupement de textes : Contempler le monde : entre envers et endroit — **133**

André Gide, *Les Nourritures terrestres* (134) ; Jean Grenier, *Les Îles* (136) ; Gabriel Audisio, *Jeunesse de la Méditerranée* (139) ; Jean Giono, *Les Vraies Richesses* (141) ; Claude Vigée, « Vers Canaan » (143)

Chronologie : Albert Camus et son temps — **146**
  1. « À mi-distance de la misère et du soleil » (1913-1935) — 146
  2. « Des révoltes pour tous [...] pour que la vie de tous soit élevée dans la lumière » (1935-1942) — 149
  3. « Puis j'ai perdu la mer, tous les luxes alors m'ont paru gris » (1942-1960) — 152

Éléments pour une fiche de lecture — **157**

Mouvement littéraire

Entre « amour de vivre et désespoir de vivre »

PLUS ENCORE QUE LES AUTRES ÉCRITS DE CAMUS, les essais de *L'Envers et l'Endroit* résistent à toutes les tentatives d'inscription dans un courant de pensée déclaré ou un mouvement littéraire constitué. Au moment où paraît, dans l'entre-deux-guerres, chez un petit éditeur d'Alger, le premier texte publié de l'écrivain, aucune école philosophique ou littéraire ne s'est durablement imposée, sauf le mouvement surréaliste dont l'anarchisme radical n'occupe plus tout à fait le devant de la scène. Dans le cadre des genres traditionnels, c'est à partir de préoccupations philosophiques et morales, athées ou chrétiennes, à l'horizon du dernier des « grands récits » idéologiques, le marxisme, que la littérature s'écrit majoritairement. Et tandis que Gide et le groupe de la *NRF* structurent les choix intellectuels et esthétiques qui vont dominer le siècle, que Malraux publie ses premiers romans, l'histoire immédiate menace de nouveau une Europe encore ravagée par le séisme de la Première Guerre mondiale : en 1937, la littérature est d'abord en quête d'un nouvel humanisme.

Dans sa forme tâtonnante, entre essai et récit, *L'Envers et l'Endroit* témoigne, à sa manière, de cette interrogation sur l'homme. Mais le très jeune Camus, étudiant algérois plus éloigné encore qu'un provincial des cercles parisiens où les courants de pensée naissent et s'organisent, conçoit sa représentation philosophique de l'univers et ébauche les grands traits de son esthétique dans une solitude à peine troublée par ses échanges avec une toute petite famille intellectuelle : un groupe d'artistes et d'écrivains à la recherche d'un équilibre, d'une « mesure » entre la vision irradiante du monde qu'offre l'univers méditerranéen et le tragique de la condition humaine. Plus tard, dans *L'Homme révolté*, Camus nommera cet idéal de mesure « pensée de midi ».

1.

La quête d'un nouvel humanisme

1. *Le « chant secret » de la Méditerranée*

L'enseigne des éditions Edmond Charlot, libraire-éditeur autour duquel se réunit le groupe d'amis d'Albert Camus, et le nom de la collection qui accueille *L'Envers et l'Endroit* résument partiellement les termes de cette quête : la librairie Charlot doit son nom au titre d'un essai de Jean Giono, *Les Vraies Richesses* (1936) ; le titre de la collection, « Méditerranéennes », traduit la vision d'une sagesse dont la culture méditerranéenne serait le symbole.

C'est Jean Grenier, mentor et modèle de Camus depuis que l'aîné, professeur de philosophie, a eu le cadet pour élève, qui a attiré l'étudiant de Belcourt dans ce petit cercle proche de Giono vers l'aspiration aux « vraies richesses », celles qui ne s'achètent pas : la paix, un idéal païen de communion avec une nature préservée de l'urbanisation, un accord avec le monde qui ne serait pas donné par un quelconque dieu mais acquis par l'effort collectif. Mais là où le chantre terrien de la Haute-Provence rêve de vie rustique, les membres du groupe d'Afrique du Nord (Gabriel Audisio, Claude de Fréminville, René-Jean Clot, Max-Pol Fouchet) voient dans la mer Méditerranée, tout comme Camus, un autre symbole d'humanisme : elle devient le lieu où l'affrontement des contraires pourrait se résoudre dans une harmonie lucide entre l'homme et l'univers. Incarnée par le titre de la collection, cette polarité méditerranéenne se nourrit d'une religion de la mer et du soleil dont l'initiateur a été Paul Valéry. Après la liturgie maritime du « Cimetière marin », Valéry a, en effet, affirmé dans une conférence (1934) que la « parole de Protagoras, "l'homme est la mesure des choses", est une parole caractéristique, essentiellement méditerranéenne ».

Mais pour les jeunes gens du groupe, et surtout pour Camus, cette fascination ne se vit pas uniquement sur le mode de la célébration. La contemplation se double d'une méditation nourrie de l'influence exercée par le livre de Jean Grenier, *Les Îles* (1933), qui agit comme un révélateur ; derrière ces biens naturels qu'ont toujours été la mer et le soleil, se profile la dualité des pays du Sud dont Jean Grenier écrira (*Inspirations méditerranéennes*) : « Tout concourt [ici] à la gloire de l'homme. À sa gloire et à sa perte. S'il a un tel prix, c'est qu'il a pour décor de ses actions plus loin que le paysage, la mort. » À partir probablement de cette suggestion de son maître, dédicataire de sa première œuvre, sur les liens entre la beauté et la mort, Camus prend appui, dans un élan créateur puis réflexif auquel il restera toujours fidèle, sur des motifs récurrents, nés eux-mêmes d'expériences sensorielles et sensuelles pour structurer les grandes étapes de sa pensée. C'est dans *L'Envers et l'Endroit*, comme il le réaffirmera dans la préface de 1958, que s'esquisse sa représentation binaire du monde : en lui se combinent et s'opposent d'un côté, le caractère solaire et tragique attaché au mythe méditerranéen, de l'autre, sa propre expérience de la misère, de la maladie et de la renaissance. Le double mouvement de consentement et de refus dans lequel se vit son rapport au monde à l'époque où il écrit *L'Envers et l'Endroit* lui inspire ensuite l'hédonisme lyrique de *Noces* et le désir d'union fusionnelle avec l'univers marin. Inversement, c'est de sa conscience d'une division aliénante entre les deux pôles de sa quête qu'émergera progressivement l'idée de l'absurde et enfin celle, trop souvent oubliée par les commentateurs, du bonheur *dans* l'absurde.

2. « *Nous voulons rattacher la culture à la vie* »

Dans cette quête de lucidité et de vérité, partagée par le groupe à des degrés divers, la réflexion ne se sépare pas de l'action. Camus en exprime la difficulté et les apories dans une lettre adressée en 1934 à « un des êtres qui composent [son] cercle d'expériences » : son ami et condisciple Max-Pol Fouchet qui affronte, comme lui, l'épreuve de la tuberculose, mortelle à cette époque et dans tous les cas déterminante dans la constitution de la pensée camusienne. Car la maladie creuse une faille entre le désir de vivre et la réalité de la condition humaine :

> Chacun de nous accumule le plus possible de vie et d'expérience jusqu'à ce qu'il ait le sentiment trop net de l'inutilité de cette expérience, ce qui est la manifestation la plus profonde de celle-ci. Il faut bien croire alors que l'expérience est une défaite. Et le seul intérêt de nos petites personnalités réside dans le témoignage que nous sommes à même de donner sur la vie. On le dit et on s'en va […], toi dans un sanatorium, tel autre à Paris, moi-même au parc d'Hydra, nous nous évertuons à masquer de formules et de recherches désespérées une vérité trop nue et trop simple : que notre condition est désespérante. Ce qui ne veut pas dire qu'il faille être pessimiste.

Ce refus du pessimisme s'exprime par l'engagement au service de la justice et des humbles : avant même de définir théoriquement la notion de « culture méditerranéenne », le petit groupe des « Vraies Richesses » est fédéré par ses engagements conjointement politiques et culturels : antifascisme, combat pour l'éducation du peuple dans la ligne esquissée par le Front populaire. Militant antifasciste, Camus dirige dans cet esprit le comité algérois du mouvement Amsterdam-Pleyel. Et la publication de ses premiers écrits coïncide avec la fondation du Théâtre du Travail, compagnie de comédiens amateurs qu'il fonde avec le soutien du parti communiste, dont il est membre. Pour cette troupe, il écrit en 1935 une adaptation du *Temps du mépris* de Malraux qui met en scène un communiste prisonnier en Allemagne libéré grâce à la solidarité d'un autre. Et il est si loin d'être indifférent au fracas du monde qu'il puise dans un épisode de la guerre civile espagnole une création collective, *Révolte dans les Asturies*, dont la représentation sera interdite.

Ainsi, alors que le lecteur pressé pourrait considérer *L'Envers et l'Endroit* comme une œuvre intimiste et méditative, étrangère à l'histoire collective et centrée sur son auteur, Camus élabore, dans cette opposition entre ombre et lumière propre au monde méditerranéen, une méthode de travail qu'il n'abandonnera plus : d'un côté les œuvres de l'artiste, situées entre essai et fiction, qui utilisent les ressources formelles offertes par l'écriture pour mettre à distance toute illusion référentielle en se situant dans un espace mythique et un temps indéchiffrable ; de l'autre, les engagements de l'homme, des convictions politiques et culturelles claires et précises, qui s'affirment directement au théâtre et dans sa vie publique (les articles de presse, les chroniques).

Dans cette distinction entre les actes de l'homme et la genèse de l'œuvre, on notera le lien subtil que Camus, chargé par ses amis de prononcer la conférence inaugurale pour l'ouverture d'une maison de la culture à Alger, en février 1937, établit entre son travail et ses engagements, quelques mois avant la parution de *L'Envers et l'Endroit*. Ce texte situe clairement l'inspiration de son groupe en dehors de tout « nationalisme du soleil », de toute régression traditionaliste et maurrassienne vers un « régionalisme méditerranéen ». Tous considèrent « la Méditerranée comme un pays vivant plein de jeux et de sourires ». Et si Camus refuse que son action soit inféodée à celle du parti communiste, il voit aussi dans l'éducation populaire un des moyens de lutter contre la montée du nazisme et du fascisme.

Pourtant, le narrateur qui s'exprime dans le plus long des cinq essais de *L'Envers et l'Endroit*, « La Mort dans l'âme », publié quelques mois plus tard, traverse l'Europe centrale et l'Italie — comme Camus lui-même en 1936 — au moment où ces idéologies meurtrières sont en train de défigurer les deux pays, dans une indifférence apparente au contexte politique, tragique, qui l'entoure. Il justifie ainsi par avance une remarque des *Carnets* (1946) : « J'aime mieux les hommes engagés que la littérature engagée. »

2.

Des motifs obsédants

1. *La mère, la pauvreté, la lumière*

S'il peut paraître facile, avec le recul, d'identifier dans les textes de jeunesse les grands thèmes qui vont habiter l'œuvre de tout écrivain, on ne peut que suivre l'analyse du créateur lui-même lorsque, dans la préface de 1958 qui précède la réédition de *L'Envers et l'Endroit*, Camus affirme que « chaque artiste garde ainsi, au fond de lui, une source unique qui alimente pendant sa vie ce qu'il est et ce qu'il dit ». On sait par ailleurs qu'au cours d'un entretien avec Jean-Claude Brisville, Camus a décliné ces thèmes de façon plus large : « Le monde, la douleur, la terre, la mère, les hommes, le désert, l'honneur, la misère, l'été, la mer. » Mais, dans cette première œuvre publiée, la figure qui réunit les deux thèmes de la pauvreté et du soleil est avant tout celle de la mère. Elle s'esquisse avec celle « d'une vieille femme » rencontrée dès le premier essai avant de réapparaître. Elle se précise ensuite dans la vision de « la mère silencieuse » qui domine le deuxième essai, « Entre oui et non » : condamnée au silence par la pauvreté, cette « forteresse sans pont-levis » (selon l'expression qu'il utilise dans *Le Premier Homme*), cette mère énigmatique et analphabète dont l'amour ne peut ou ne veut se dire, incarne, assise à sa fenêtre, toute l'indifférence du monde, celle-là même à laquelle le personnage de *L'Étranger*, Meursault, s'ouvrira avant de mourir. Éclairée par ces biens, « la mer et le soleil [qui] ne coûtent rien », et rendent la pauvreté « fastueuse », l'image maternelle devient le lieu d'une méditation.

Distinguant clairement la misère, qui avilit, de la pauvreté, qui forge un caractère, Camus voit dans la première le fléau qui nourrira ses révoltes et ses combats et, dans la seconde, l'invitation à une morale de la liberté : celle qui, mettant à distance toutes les formes de la réussite sociale et la possession de biens, combine le goût d'un dénuement certes relatif, avec une sensibilité permanente à la beauté du monde.

2. « *La transparence et la simplicité des paradis perdus* »

À partir de ces motifs obsédants et de cette expérience intimement vécue, s'engage alors dans l'œuvre la quête impossible d'une unité de l'être. Face à l'indifférence d'un monde illisible, déserté par le divin et pourtant somptueux, le sujet qui s'exprime dans le texte part à la recherche d'un équilibre entre ces deux instances apparemment contradictoires, la misère et le soleil. Cette ombre et cette lumière fondent, sans pouvoir être dissociées, cet état étrange entre l'« espoir et le dégoût de vivre », à travers lequel le narrateur s'attache à « recueillir seulement la simplicité et la transparence des paradis perdus » invoqués par deux fois dans l'essai « Entre oui et non ». Mais loin d'être le pur lieu de la nostalgie, cette tension entre deux pôles antinomiques aboutit à une volonté de savoir et d'agir qui ne cessera jamais. Le dilemme recouvert par le titre du premier écrit publié par Camus se retrouvera ainsi, dans un parallélisme troublant, dans celui du dernier, *L'Exil et le Royaume*. Entre-temps, l'écrivain aura décliné, dans un écoulement incessant d'images renouvelées, sa vision binaire « solitaire et solidaire » du monde : entre ascèse et jouissance, entre extase et déréliction, entre mensonge et vérité et — c'est un aspect majeur de son esthétique — entre lyrisme et ironie. Il aura aussi expérimenté et défini l'émergence du sentiment de l'absurde, la solitude de l'exil intérieur, poli le motif de la « tendre indifférence du monde », puis tenté de résoudre le conflit en repensant l'idée de révolte. Il aura aussi, dans l'élan inachevé du *Premier Homme*, creusé le mystère des origines. Mais l'idée que tout être ne se réalise que dans l'opposition frontale et jamais surmontée de deux pôles opposés trouve sa source dans *L'Envers et l'Endroit*. Pas de royaume solaire sans l'ascèse imposée par la mémoire de la pauvreté, pas de conquête d'une sorte de pauvreté métaphysique sans la mémoire du royaume originel.

3.

Une vision tragique et solidaire du monde

1. « *L'exaltante alliance des contraires* » *(René Char)*

Dans cette quête de sens, Camus n'est pas seul : il est accompagné, comme son futur ami René Char, par la lecture des philosophes qui, à l'instar d'Héraclite, ont interrogé « l'exaltante alliance des contraires ». Cela dit, le repérage des influences qui se sont exercées sur cet écrivain de vingt-deux ans dont les lectures, voraces, sont nécessairement encore limitées, demeure délicat. Parmi les présences lointaines, celles des philosophes Plotin, Kierkegaard ou Nietzsche sont évidentes. L'influence du penseur néoplatonicien Plotin (205-270 après J.-C.) est d'autant plus sensible voire immédiate dans l'œuvre, que l'étudiant Camus rédige alors un mémoire sur le sujet « Métaphysique chrétienne et néoplatonisme. » Dans un mouvement permanent de la pensée, clairement revendiqué, où, par l'écriture, « l'imagination se confond tout à fait avec l'intelligence », Camus reprend la définition plotinienne de l'extase comme aspiration à l'unité : il la commente dans son travail universitaire avant de lui donner une vie littéraire dans la deuxième partie de « La Mort dans l'âme » au moment où le narrateur vit ses retrouvailles lyriques avec l'Italie sur le mode spirituel. On peut penser aussi qu'il emprunte à Plotin l'idée, centrale dans « Entre oui et non », du « rapatriement » de l'âme de l'ombre vers la lumière. Il est également familier à cette époque du Pascal des *Pensées* : il y retrouve sa propre vision pessimiste de la solitude de l'homme face à la vanité de l'action et au piège du « divertissement » qui nous limite à l'ordre de la chair.

On ne sait pas très bien ce que Camus peut avoir lu alors de Kierkegaard (1813-1855) qui, dans le sillage de Pascal, a souligné le caractère irréductible et angoissant de l'existence humaine comme obstacle à toute représentation systématique du monde. Mais le titre de l'œuvre fait écho à une page du philosophe danois :

> Où il y a un envers, il y a aussi un endroit. Par conséquent, d'un côté c'est l'envers, de l'autre, l'endroit. Ou bien : d'un côté, c'est l'endroit, de l'autre l'envers. Sans pourtant que par là soit décidé de quel côté est l'endroit, ou qui l'a de son côté.

2. *Un itinéraire nietzschéen*

Quant à Friedrich Nietzsche (1844-1900), explicitement cité dans la préface de 1958 comme l'auteur l'une des « grandes aventures de l'esprit », il accompagnera tout le parcours philosophique et esthétique de Camus. Dans ce qu'elle a de plus désespéré parfois, la quête de Camus se nourrit du nihilisme dynamique de Nietzsche, très proche de sa propre représentation de la réalité du monde partagée selon un mot des *Carnets* entre « Soleil et mort ». Dans un article de 1932 sur la musique, le tout jeune Camus a analysé la représentation donnée de l'hellénisme par la première œuvre de Nietzsche, *La Naissance de la tragédie* : pour le philosophe allemand, l'art et l'action se rencontrent à travers les catégories antagonistes de « l'apollinien », symbole d'une exigence d'ordre esthétique, et du « dionysiaque », lieu du déchaînement luxuriant et irrépressible de la vie pour faire naître la beauté de la douleur. L'« optimisme entêté » de Nietzsche, détaché de toute croyance en des « arrière-mondes » divins, son refus de la « vérité simple » qui ne serait que « double mensonge », sa négation d'un « rationalisme desséchant », l'hédonisme que traduit son exaltation face à la Méditerranée trouvent un écho durable dans la pensée et l'écriture du jeune Camus. Comme son modèle, le futur auteur de *L'Étranger* sera écrivain autant — et probablement plus — que philosophe et préférera à la forme stricte du traité la souplesse de l'essai. Camus s'émancipera plus tard de cette influence intellectuelle tout en restant fidèle à l'auteur du *Gai Savoir*.

3. *La complicité des « alliés substantiels »*

Bien que *La Recherche du temps perdu* soit rarement convoquée par les œuvres de cette période, le premier écrit de Camus intériorise totalement la démarche proustienne en créant une tension permanente entre mémoire et action, ouverture sur l'avenir et fidélité aux origines. Un des essais majeurs du livre, « Entre oui et non », s'ouvre, sans en nommer l'auteur, sur l'affirmation du narrateur, dans *Le Temps retrouvé*, selon laquelle « les seuls paradis sont ceux qu'on a perdus ». Et c'est certainement dans l'œuvre de Marcel Proust, qui s'est toujours conçue comme une « recherche de la vérité », que Camus puise l'idée de ces instants d'éternité qui viennent éclairer, dans *L'Envers et l'Endroit*, l'inquiétude existentielle de son ou de ses narrateurs avant de devenir un élément de connaissance. Mais contrairement à

Proust, pour qui la littérature appartient à un ordre supérieur et demeure « la seule vie véritablement vécue », Camus ne place pas son art au-dessus de tout et lui préférera toujours la vie.

Plus complexe est l'influence que peut avoir exercé le Gide des *Nourritures terrestres* : le succès considérable de cette œuvre, parue en 1899, a symbolisé les rêves d'émancipation d'une génération avide de dénouer les entraves imposées à son désir de vivre et à sa sensualité par sa condition bourgeoise, et désireuse de construire sa propre morale. Camus, qui déclarera en 1951 avoir lu l'ouvrage deux fois, reste, pendant son adolescence pauvre, relativement indifférent à la découverte lyrique par André Gide des biens naturels que sont la mer et le soleil : lui-même en jouit sans restriction aucune. Un peu plus tard, après l'épreuve de la maladie qui lui ferme des portes et le menace de mort, il rejoint le créateur de Nathanaël dans le cercle d'une expérience qui est au cœur de *L'Envers et l'Endroit*, celle du voyage. Si Camus n'adhère pas à l'état de disponibilité ouverte sur « l'acte gratuit » tel que Gide le définit, il voit en lui un initiateur à l'évangile du dénuement. Ainsi pourra-t-on noter que l'essai central de l'œuvre, « La Mort dans l'âme », suit le narrateur dans un périple plein d'enseignements et de dépouillements successifs : après avoir subi, à Prague, un état de déréliction proche du sentiment de l'absurde, il vit, à Vicence, une révélation en forme d'extase.

On peut également déceler une influence, tout opposée, dans cet itinéraire en forme de méditation dans la « prison » de Prague, celle, indirecte et partielle, d'André Malraux dans *Le Temps du mépris*. Là où le monde de Malraux — que Camus admirera toujours — est gouverné par l'idée de fraternité virile, la méditation du narrateur reste dans *L'Envers et l'Endroit*, comme dans l'œuvre postérieure de Camus, une expérience solitaire.

4. *Du refus de choisir au sentiment de l'absurde*

Entre ses lectures philosophiques et les voix plus lyriques de sa famille littéraire comme celles de Gabriel Audisio, Max-Pol Fouchet et surtout Claude de Fréminville qui exprime dans *Pesanteur du monde*, mais en mode mineur, la même communion inquiète portée par l'art, le Camus de 1935 cherche sa *voie* et trouve sa *voix*. Entre émotion et interrogation, le projet de préface à *L'Envers et l'Endroit*, qu'il rédige alors sans le publier, exprime une obsession révélatrice.

> C'est vrai que les pays méditerranéens sont les seuls où je puisse vivre, que j'aime la vie et sa lumière ; mais c'est vrai aussi que le tragique de l'existence obsède l'homme et que le plus profond de lui-même y reste attaché. Entre cet envers et cet endroit du monde, je me refuse à choisir.

De ce refus de choisir, de cet « intervalle entre oui et non », entre « l'endroit » qui incarne, dans son immanence, la jouissance du monde et « l'envers » qui en signale l'inéluctable et imminente perte, le jeune écrivain ne retire qu'une seule certitude, un attachement nietzschéen à la toute-puissance de la vie terrestre. Il conclut ainsi l'œuvre qui préfigure le lyrisme panthéiste de *Noces* : « À cette heure, tout mon royaume est de ce monde. » Mais, en sourdine, il exprime aussi la fêlure ontologique, inexorablement vécue par l'homme séparé d'une nature aussi belle qu'irrationnelle et silencieuse. Ce qui est ressenti en 1935 comme une blessure débouchera en 1942, dans *Le Mythe de Sisyphe*, sur la définition théorique du sentiment de l'absurde. C'est dire combien, dès *L'Envers et l'Endroit*, le pas du penseur s'attache à celui de l'artiste.

Pour continuer à lire Camus :

L'édition de référence est actuellement l'édition en quatre volumes de la bibliothèque de La Pléiade, aux éditions Gallimard. Le tome I, ouvert par une introduction éclairante sur l'ensemble de l'œuvre due à Jacqueline Levi-Valensi, comporte le texte complet de *L'Envers et l'Endroit* ainsi que les ébauches qui l'ont précédé avec une notice et des notes de l'éditrice. On trouvera dans le tome II de la même édition les *Carnets*.

L'Étranger, *La Peste* et *La Chute* sont disponibles dans la collection « Folioplus classiques ».

Sur l'inspiration des premières œuvres de Camus :

Paul VIALLANEIX, « Le premier Camus », *Cahiers Albert Camus* (n° 2), Gallimard, 1974.

Claude VIGÉE, revue *Sud* (n° 4), « "Entre oui et non", l'ambiguïté de la condition humaine chez Albert Camus », 1960 ; *La Table ronde* (n° 1), « L'errance entre l'exil et le royaume », 1960.

Revue *Europe*, *Albert Camus* (n° 846), octobre 1999.

Sur la pensée, l'esthétique et l'univers imaginaire d'Albert Camus :

Dictionnaire Albert Camus, sous la direction de Jean-Yves GUÉRIN, « Bouquins », Robert Laffont, 2009 : un excellent ouvrage de référence qui favorise la circulation entre les différentes œuvres et regroupe des points de vue critiques variés.

Albert Camus et la philosophie, sous la direction d'Anne-Marie AMIOT et Jean-François MATTEI, PUF, 1997.

Jean-Jacques GONZALES, *Albert Camus, l'exil absolu*, Manucius, 2007.

Maurice WEYENBERGH, *Albert Camus ou la mémoire des origines*, De Boeck Université, 1998.

Anne PROUTEAU, *Albert Camus ou le présent impérissable*, Orizons, 2009.

Pierre-Louis REY, *Camus, une morale de la beauté*, SEDES, 2000.

Genre et registre

L'Envers et l'Endroit
entre essai et fiction

LE CLASSEMENT, DEVENU HABITUEL, de *L'Envers et l'Endroit* dans la catégorie générique de l'essai n'est pas dépourvu d'ambiguïté. Aucune indication de ce type ne figure sur la page de garde de la première édition, pas plus que dans la réédition de 1958. Mais le terme apparaît au début et à la fin de la préface majeure que Camus rédige à cette occasion. Dans les deux cas, le mot est clairement employé dans sa signification courante de « tentative inaboutie » : l'auteur indique d'abord qu'il s'agit des « essais » d'un auteur de vingt-deux ans puis évoque la tentation qu'il a eue de garder pour lui « ces essais de jeunesse ».

C'est seulement après *Noces* (1938) dont il précise encore en 1959 qu'il s'agit d'« essais au sens exact et limité du terme » que l'écrivain rattache ses travaux à des genres littéraires canoniquement reconnus : *L'Étranger* est ainsi qualifié de « roman ». L'usage du terme « essai » dans son sens littéraire et philosophique n'apparaît qu'avec *Le Mythe de Sisyphe* qui porte le sous-titre « Essai sur l'absurde ».

Cette ambiguïté pourrait bien n'être que d'apparence : avec ses maladresses avouées, *L'Envers et l'Endroit* recouvre les principes d'une écriture qui, au

XXᵉ siècle, tend à effacer les frontières entre la fiction et les autres genres littéraires et philosophiques. Camus ne rejette pas volontairement ou *a priori* la distinction entre les genres : il revendiquera ainsi une unité de pensée et une diversité générique lorsqu'il déclarera plus tard avoir associé dans une « trilogie de l'absurde » un roman, *L'Étranger,* une pièce de théâtre, *Le Malentendu,* et un essai, *Le Mythe de Sisyphe.* Mais comme tout écrit s'inscrit pour lui dans une vision du monde et une morale que chaque œuvre nouvelle creuse, problématise ou approfondit, c'est tout naturellement qu'une conscience réflexive s'invite dans la fiction et qu'inversement le récit vient s'insérer dans ce qu'on appelle communément « la littérature d'idées ».

1.

Essai ou récit, essai et récit

1. *Problèmes de définition*

La définition de l'essai n'a pas attendu le XXᵉ siècle pour être problématique. Les textes rattachés à cette catégorie improbable l'ont souvent été par élimination des autres genres et aujourd'hui, dans le langage courant, le terme recouvre dans une sorte de fourre-tout tout ce qui n'est pas, en librairie du moins, étiqueté comme « roman », « poésie » ou « théâtre » : des témoignages parfois à la frontière de l'autobiographie, des pamphlets ou des textes d'humeur, des compilations historiques ou documentaires et enfin, à plus juste titre, de véritables analyses relevant de la philosophie, des sciences humaines et politiques adoptant une forme plus souple que celle du traité.

De façon un peu plus restrictive, on peut considérer comme « essai » toute espèce de prose non fictionnelle à visée argumentative. En effet, plus que le roman dans sa facture classique, l'essai, qu'il se présente comme une méditation, comme un diagnostic ou comme une simple prise de position, inclut toujours la présence d'un destinataire à convaincre. Il porte aussi les traces d'une thèse opposée qu'il réfute, qu'il nuance ou qu'il combat, parfois dans une intention morale, politique ou franchement polémique. L'usage du présent de vérité générale, de la troisième personne du singulier et de l'abstraction qui le caractérise, n'exclut donc pas une forte implication du locuteur dans son énoncé : il invite son destinataire à le suivre dans ses digressions, lui propose, à titre d'exemples, des anecdotes, des citations et jusqu'à de véritables récits. Cette présence du destinataire recouvre aussi, surtout à partir du XIXe siècle, une fonction implicite de l'essai : la capacité de transposer à l'écrit la tradition française du dialogue et du débat, mais aussi l'art de la conversation que l'âge classique et les Lumières ont amené à leur apogée. Camus utilisera d'ailleurs brillamment la fonction dialogique de l'essai dans *La Chute* qui, tout en se présentant comme un récit à la première personne, devient un monologue riche en digressions et en réflexions étayées sur des vérités générales, au cours duquel un interlocuteur muet se voit fréquemment interpellé. Il a enfin partie liée avec l'écriture épistolaire qui porte souvent sur les idées.

Plus précisément, l'essai selon Camus s'inscrit dans une filiation qui commence avec Montaigne et passe par André Gide et Paul Valéry : il sert à traduire une pensée en liberté, associée à une véritable distance critique. Après Montaigne, mais dans une acception différente, Camus conçoit l'essai, comme d'ailleurs tous ses autres écrits, comme le lieu d'une « expérience ». Mais là où Montaigne conçoit l'expérience comme une forme de pensée autoréflexive dont la dimension critique n'appelle pas de dialogue, Camus associe toujours l'expérience intellectuelle au témoignage : ce qu'il affirme doit être à la fois authentique et mis à distance par le recul critique et le travail de la forme. On comprend alors pourquoi Camus a pu écrire successivement dans ses *Carnets* deux formules apparemment contradictoires : « L'œuvre est un aveu, il me faut témoigner », puis : « Écrire, c'est se désintéresser. » Ce double mouvement explique l'alternance dans *L'Envers et l'Endroit* de récits et d'analyses, de nostalgie et d'ironie, de remarques sèchement morales et d'élans poétiques.

2. *L'usage du récit et l'influence des « œuvres-mondes »*

L'insertion de passages narratifs dans cette première œuvre correspond aussi à une évolution de l'écriture romanesque qui commence avec Proust et aboutira à la crise du roman dans la deuxième moitié du XXe siècle : l'effacement des frontières entre l'essai et la fiction permet à des œuvres de grande ampleur de développer une pensée et une vision du monde en prenant appui sur le roman. On sait que Camus, toujours dans la préface de 1958, réaffirme sa fascination pour « les grandes aventures de l'esprit » comme, avant Proust, celle de Léon Tolstoï. On sait aussi qu'il a lu Gide et il a probablement apprécié, sans pour autant élaborer une stratégie d'écriture aussi complexe, la technique de la *mise en abyme* dans *Les Faux-Monnayeurs* (1925) qui introduit le regard critique du narrateur dans le déroulement même de son récit. Et c'est sans doute de façon assez naturelle que l'écrivain débutant juxtapose dans *L'Envers et l'Endroit* des fragments délibératifs ou réflexifs et des passages purement narratifs souvent empruntés à des écrits antérieurs non publiés. Mais cette alternance entre récit et essai dans un ensemble rédigé à la première personne doit beaucoup aussi à ce qui intéresse Camus dans les ressources de la fiction et qui aboutira à l'écriture de *L'Étranger* : la possibilité d'exprimer une représentation très personnelle de l'univers en enfermant dans les conventions contraignantes de la narration un lyrisme qui est naturel chez lui et dont il se méfie. Il écrira ainsi dans ses *Carnets* (août-décembre 1938) que « la véritable œuvre d'art est celle qui dit moins » et c'est dans la concision de *L'Étranger* qu'il atteindra son but, non sans avoir écrit : « Si tu veux être philosophe, écris des romans » (*Carnets*, 1936).

2.

« Comment m'entendez-vous ? Je parle de si loin. »

1. *La médiation par l'ironie*

En vue d'atteindre la concision à laquelle l'auteur aspire, comme pourra le montrer un regard porté sur la genèse de l'œuvre (p. 124), un principe d'organisation unique réunit les cinq essais : ils apparaissent comme des montages formels reliant par des remarques d'ordre général et porteuses de sens de courts récits qui se chargent alors d'une valeur exemplaire. Dans cette mosaïque textuelle, le fil conducteur devient le regard du narrateur-essayiste qui, s'il peut être sobre ou lyrique, est presque toujours ironique, voire sarcastique. Et ce n'est pas par hasard que, dans un lien étroit entre forme et sens, le premier essai, primitivement intitulé « Le Courage », aura finalement pour titre « L'Ironie » : il inclut trois courts récits sur l'absurdité de la relation à l'autre dans une réflexion fondatrice dans la pensée de Camus. Tous sont centrés autour de l'indifférence des êtres au malheur d'autrui : la solitude d'une vieille femme, abandonnée avec son chapelet et ses prières inutiles dans « la misère de l'homme en Dieu » ; celle d'un vieillard diminué par l'âge et « qu'on n'écoute plus » ; et la mort « qui ne rachète rien » d'une vieille femme méchante vivant avec les siens dans une comédie permanente. Dans la trame du récit comme dans la courte synthèse qui clôt l'essai, un point de vue anonyme et détaché — celui de l'ironie — commente lucidement le scandale de ces destinées : ces trois êtres, jetés dans un monde où Dieu est absent ou silencieux, symbolisent la contradiction insoluble entre la solitude humaine, son envers, et la beauté du monde qui leur a, à tous et toutes, dispensé son endroit, ce soleil qui « nous chauffe quand même les os ». C'est à la fin de ce premier essai qu'apparaît un motif appelé à de multiples configurations dans l'œuvre de Camus : l'image d'un enterrement dans un cimetière écrasé de soleil, vision capable d'évoquer à la fois la précarité de la vie humaine, la splendeur de la lumière du Sud et l'hypocrisie de la comédie sociale.

Cette mise à distance du pathétique par une forme de cynisme qui sert de rempart à la douleur apparaît, consciemment ou non, comme une stratégie d'écriture récurrente. Elle donne au genre argumentatif de l'essai une dimension poétique : car on perçoit dans tous ces textes un effet mélodique de retour et de simultanéité des thèmes traités, des impressions subies, des affects évoqués et leur filtrage par un regard lucide et ironique, le tout dans une grande variété de tons.

2. *De l'ironie à la quête spirituelle*

Ce parti pris formel recouvre une progression que la préface de 1958 nous invite à suivre. En effet, après les trois histoires ordinaires de solitude observées avec détachement, le deuxième texte fait appel à une série d'images encore plus profondément ancrées dans la mémoire de l'auteur : « Entre oui et non » s'ouvre sur une citation de Proust et sur l'extase d'un personnage spirituellement « rapatrié », conscient d'avoir retrouvé son paradis perdu comme quelque chose « de tendre et d'inhumain ». L'essai glisse alors rapidement vers une forme très structurée : d'abord un récit-cadre dans lequel un personnage s'ouvre à « l'indifférence et [à] la tranquillité de ce qui ne meurt pas » dans la solitude nocturne d'un café maure. Puis, par un glissement autobiographique à peine déguisé — « Je pense à un enfant qui vécut dans un quartier pauvre » (p. 41) —, un deuxième récit, d'enfance cette fois, s'encadre dans le premier et installe le motif véritablement obsédant de la mère, sourde et silencieuse, de « son étrange indifférence » et de l'amour muet qui la lie à son enfant condamné à « se sentir étranger ». Le retour au récit-cadre et au décor sordide du café maure (p. 43) fait le lien entre l'adulte et l'enfant, entre « ce café désert » et « cette chambre du passé », entre le narrateur et l'essayiste ; dans une ample méditation sur l'envers et l'endroit du souvenir, l'essayiste se confond alors avec un personnage qui déclare : « Je ne sais plus si je vis ou si je me souviens. » (p. 48) Tandis qu'il soliloque, non sans introduire d'autres bribes de récits, il affirme dans cet « intervalle entre oui et non » son refus de trancher entre l'espoir ou le dégoût de vivre pour « recueillir seulement la simplicité et la transparence des paradis perdus ». Ce texte, apparemment très personnel, n'est pas déserté par l'ironie : une digression amère du narrateur sur le sort d'un chat, par exemple, interdit à la confidence lyrique les moyens de se déployer. Mais il est aussi la deuxième étape de la progression spirituelle : l'âme « rapatriée » du narrateur est ramenée par le fractionnement du récit à un paradis perdu éclaté en « moments d'éternité ». Pourtant cette quête de retour de l'âme vers l'unité originelle demeure parcellaire et n'aboutit pas complètement.

Après le constat détaché, après l'aspiration inaboutie au temps retrouvé, le texte central, « La Mort dans l'âme », le plus long du recueil, déplace la métaphore de l'envers et de l'endroit du temps vers l'espace. Le récit se déroule de façon plus simple et linéaire : il accompagne le narrateur d'un séjour mortifère à Prague à sa découverte extasiée de Vicence en intégrant le déplacement d'une ville à l'autre. Au lieu de se glisser entre les différentes couches du passé, le refus de trancher entre amour de vivre et désespoir de vivre suit l'itinéraire en trois étapes de ce voyageur dans une chronologie et un espace qui respectent l'effet de réel. L'illusion référentielle est d'ailleurs renforcée pour les lecteurs par le choix autobiographique de la ville de Prague où l'homme Camus connut une des expériences les plus douloureuses de sa jeunesse. Cette simplicité de la structure narrative permet aux motifs antithétiques de la méditation de se mettre en place différemment. L'opposition entre l'envers et l'endroit est frontale alors qu'elle apparaissait comme dans un intervalle indécidable dans le texte précédent. Deux mondes s'affrontent, l'univers clos et le ciel bas de la prison pragoise, l'horizon ouvert et la lumière italienne de Vicence. À la sensation d'étouffement et de dépossession de soi qui étreint le narrateur à Prague répondent les moments d'éternité, de présence à soi-même, d'accord avec le monde vécus à Vicence. Dans ce troisième moment de sa quête, l'âme assume totalement les deux expériences antagonistes de la déréliction et de l'extase, le détachement froid de la première partie contrastant avec le lyrisme de la dernière, opportunément verrouillé par une clausule ironique.

On retrouve, sous une forme encore plus éclatée, dans « Amour de vivre » l'effet de brouillage à l'œuvre dans « Entre oui et non ». Un fond narratif très lâche est emprunté à une autre expérience autobiographique, un voyage aux Baléares, antérieur au séjour pragois. Mais ici, c'est la forme de l'essai qui prévaut : l'Espagne — qui a toujours fasciné Camus — apparaît comme un paysage mythique où se conjuguent, dans un registre très nietzschéen, force et pessimisme. Cet espace n'offre pas d'ancrage à un ou à des récits structurés mais plutôt à des scènes commentées par un observateur. L'alternance entre récit et essai fait place à un entrelacement de descriptions et de réflexions. Dans une juxtaposition d'images contrastées — une rue bruyante et un cloître solitaire —, les visions qui s'enchaînent se déploient à deux niveaux. Les « scènes » décrites dans les bribes narratives deviennent des symboles revendiqués dans le cadre d'une réflexion. Et cette méditation constitue une nouvelle étape de la quête spirituelle : le consentement à l'alliance inextricable entre l'amour et le désir de vivre confrontés à la conscience du néant symbolise la quête méditerranéenne de la mesure. Camus esquisse ici la définition métaphorique de la « pensée de midi » : un idéal dans lequel l'immobilisation du soleil à son zénith incarne la limite qu'il convient de fixer aux ardeurs et aux révoltes humaines. Et cette pensée solaire ne vise pas la modération pour elle-même, mais, comme le frein à mettre à la démesure, l'« hybris » qui, dans la tradition grecque, entraîne l'homme dans la tyrannie et le meurtre. L'opposition entre envers et endroit semble se résoudre en un système d'échanges où l'un se nourrit constamment de l'autre et aboutit à une des phrases clés du recueil : « Il n'y a pas d'amour de vivre sans désespoir de vivre » (p. 69).

En reprenant le titre du recueil, « L'Envers et l'Endroit », le dernier essai se présente à la fois comme une dernière étape de la quête, comme une conclusion et comme l'aboutissement d'un principe de circularité. Le refus de choisir entre l'envers et l'endroit s'y réaffirme comme dans le premier essai. Mais le ton délibérément froid et ironique est, comme dans « L'Ironie », celui du constat. Le contenu narratif se réduit à une anecdote grinçante : il met en scène une femme ordinaire qui s'achète un tombeau, dans un geste généralement inspiré par le *tremendum*, la peur de mourir, et le désir de laisser une trace. Mais le personnage consacre ensuite le reste de sa vie à entretenir et à contempler sa future pierre tombale, convertissant en fascination un tremblement archaïque. Derrière cette anecdote, c'est un exemple de comportement absurde — celui de quelqu'un qui, confronté à la mort, s'y abandonne par anticipation — que l'écrivain donne à voir. À ce refus de vivre pleinement pris en charge par le récit, le narrateur-essayiste oppose son refus de choisir entre l'envers et l'endroit dans une formule devenue emblématique de sa vision du monde :

> Laissez donc ceux qui veulent tourner le dos au monde. Je ne me plains pas puisque je me regarde naître. À cette heure, tout mon royaume est de ce monde.

Ainsi, en détournant la parole évangélique — « Mon royaume n'est pas de ce monde » — qui promet le bonheur dans l'au-delà, dans une paraphrase ironique et lyrique, la dernière page de l'œuvre célèbre inextricablement l'acceptation lucide du néant et l'ouverture totale et sensuelle de l'homme à la beauté du monde. Et le détail morbide qui clôt le texte et le recueil abandonne le lecteur, au terme de la quête, à ses interrogations.

3. *Le jeu des points de vue énonciatifs*

Dans cet ensemble textuel où, « dans son désir d'en dire moins », l'essai annonce « la naissance d'un romancier », pour reprendre la formule choisie par une très fine analyste de ces œuvres de jeunesse, Jacqueline Levi-Valensi, Camus ose également un jeu subtil sur la voix narrative. Il contraint ainsi le lecteur à s'interroger sur le statut des différents « je » qui interviennent : dans le régime de l'essai, le « je » parle en observateur critique capable d'émettre une opinion, qui s'exprimera au présent de vérité générale. Dans le régime du récit, le « je » renvoie à un narrateur qui peut être aussi bien le personnage principal qu'une figure secondaire qui prend la parole en tant que témoin. Mais toute l'œuvre joue sur l'hésitation entre ces deux statuts énonciatifs du « je » ou leur confusion.

Cette technique particulière d'écriture à la première personne est déjà celle qui, encore inaboutie, donnera au narrateur de *L'Étranger* une voix inimitable. Si on peut remarquer d'emblée la prédominance d'un essayiste observateur et/ou d'un narrateur-témoin dans deux des essais, « L'Ironie » et « L'Envers et l'Endroit », les textes les plus longs et les plus importants posent des questions plus complexes. Ainsi « Entre oui et non » s'ouvre sur la parole d'un « je » essayiste et sur le mode de la réflexion d'ordre général. Mais le « je » qui se sent « rapatrié » apparaît vite comme autobiographique. Il brouille alors les pistes en passant à la troisième personne — « je pense à un enfant » — pour introduire un souvenir d'enfance relaté au passé. Puis un « je » observateur reprend sa réflexion et le phénomène se reproduit plusieurs fois comme pour contraindre le lecteur à une indécision définitive : homme de théâtre dès sa jeunesse, Camus semble constamment hésiter entre identification et distanciation, entre un « je » centripète qui se concentre sur sa propre expérience et un « je » centrifuge qui replace cette expérience parmi celles de tous les hommes. Cette volonté d'indécision se retrouve dans « La Mort dans l'âme » : le narrateur-voyageur est à la fois témoin et acteur, témoin lorsqu'il observe et commente les lieux qu'il traverse, acteur dans les passages plus clairement autobiographiques. Mais il s'agit cette fois plus de coexistence que d'alternance : un narrateur-personnage et un observateur vivent le même être au monde, entre lyrisme et ironie, entre quête de soi et transposition romanesque. C'est peut-être dans « Amour de vivre » que se fait le plus entendre la voix de l'homme Camus : le « je » qui observe la succession des scènes en dégage aussitôt la signification symbolique. Mais on demeure dans l'hypothèse : le choix du point de vue subjectif fonctionne comme un leurre à l'égard du lecteur puisque l'écrivain en refuse les attributs et traite le plus souvent le « je » comme un « il ». Il ne donne à voir de lui-même que des postures successives sans formuler des pensées ni avouer des sentiments. Le récit comme l'essai se mettent donc au service de cette attitude ironique qui sera celle de l'artiste Jonas dans *L'Exil et le Royaume*, faite à la fois de courage, solidaire, et de détachement — solitaire.

Pour aller plus loin :

Jacqueline LÉVI-VALENSI, *Albert Camus ou la naissance d'un romancier*, Gallimard, « Les Cahiers de la NRF », 2006 : ouvrage majeur, essentiel pour comprendre la genèse des écrits de Camus.

Camus et le Lyrisme : textes réunis par Jacqueline LÉVI-VALENSI et Agnès SPIQUEL, SEDES, 1997.

L'écrivain
à sa table de travail

« Je sais que ma source est dans *L'Envers et l'Endroit* »

PUBLIÉ SOUS SON SEUL NOM dès l'âge de vingt-quatre ans, reconnu à vingt-neuf comme un écrivain majeur, dès que paraît en 1942 son premier roman, *L'Étranger*, Camus a-t-il rapidement découvert et mis au point l'art d'écrire qui rend sa voix immédiatement reconnaissable ? La réponse ne peut être que nuancée.

Pour la donner, on a pourtant aujourd'hui la chance de disposer de documents précieux : d'abord les textes ébauchés et les fragments non publiés insérés dans l'édition des *Œuvres complètes*, ensuite les *Carnets* et enfin la préface, déjà citée plusieurs fois dans ce dossier, que l'écrivain donne en 1958 à *L'Envers et l'Endroit*. Tous ces éléments soutiennent l'affirmation forte contenue dans cette préface :

> Pour moi, je sais que ma source est dans *L'Envers et l'Endroit*, dans ce monde de pauvreté et de lumière où j'ai longtemps vécu et dont le souvenir me préserve encore des deux dangers contraires qui menacent tout artiste, le ressentiment et la satisfaction.

Mais l'examen des ébauches et la confrontation de l'œuvre à l'ensemble des écrits que Camus a laissés à sa mort, seulement deux ans après la rédaction de cette préface, induisent d'autres constats : *L'Envers et l'Endroit* n'est pas né de rien, ce texte de jeunesse met en forme des ébauches déjà anciennes, jaillies d'une plume de lycéen. Il trace les premiers chemins d'une pensée qui va essaimer dans toute la production future. Il met enfin en place une posture scripturaire qui, sur le fond, ne variera pas : un art du récit, puis du roman, capable de faire entendre, par le biais de la fiction, la voix d'un écrivain, d'un homme et d'un moraliste qui veut s'exprimer sans se livrer.

1.

Ébauches textuelles et « métaphysique en acte »

1. *Des fragments narratifs aux essais*

Comme beaucoup de jeunes écrivains, après avoir collaboré comme lycéen à de petites revues, Camus profite pour sa première publication d'une opportunité : la création par Edmond Charlot de la collection « Méditerranéennes » où seront publiés neuf recueils d'essais ou de poèmes — le sien est le deuxième —, tous écrits par les membres de ce groupe d'amis unis autour de cette inspiration géographique et mythique. Les cinq essais de *L'Envers et l'Endroit* sont donc « nés des circonstances », comme l'indique un projet de préface à la première édition. L'étudiant, apprenti écrivain, est alors à la recherche d'une écriture capable de combiner dans un même texte deux expériences fondamentales (l'une ancienne, celle de la pauvreté et du soleil, l'autre récente, celle du voyage) avec une réflexion plus abstraite sur le temps et la présence humaine dans le monde.

Sur le silence et un mode de contemplation du monde indissociable pour lui de la pauvreté, Camus a déjà produit un certain nombre de récits dont certains datent de 1932. Les images obsédantes surgies dans ces fragments nourrissent essentiellement la trame de « L'Ironie » et de « Entre oui et non ». Par ailleurs, l'expérience du voyage, beaucoup plus récente, apparaît dans ses *Carnets* : le voyage aux Baléares, son premier vrai déplacement en dehors de l'Algérie, dont la rémanence habite « Amour de vivre », date de 1935. C'est en 1936 que s'effectue le périple en Europe centrale correspondant à l'itinéraire du narrateur-voyageur dans « La Mort dans l'âme ». Enfin, l'essai final qui donne son titre au recueil est en relation étroite avec la vision du monde élaborée alors, entre ses études de philosophie et ses projets d'écriture, par le jeune Camus.

En replaçant ces récits dans le cadre réflexif de l'essai et le cheminement d'une méditation qui se veut « ironique » au sens positif du terme, Camus se livre à ce qu'il appelle, toujours dans ce projet de préface, « une métaphysique en acte ». Et pour s'y essayer, il puise dans ses premiers écrits : la « source unique qui alimente dans [l]a vie [de chaque artiste] ce qu'il fait et ce qu'il dit » coule donc déjà dans des textes antérieurs appelés à trouver leur place dans *L'Envers et l'Endroit*.

2. *L'univers du « quartier pauvre »*

La source la plus ancienne de l'œuvre — dans tous les sens du terme : littéraire, intellectuelle et personnelle — est à découvrir dans une série d'écrits que Camus relie lui-même, dans ses notes, à la thématique dite du « quartier pauvre ». Il associe ainsi les deux figures conjuguées de la mère et de la pauvreté dans trois pages écrites autour de 1933 par un jeune homme de vingt ans. Le statut de mythe que la suite de son œuvre leur donnera est clairement annoncé : l'*incipit* du texte reprend la formule traditionnelle du conte « Il était une fois » pour situer cette histoire hors du temps chronologique et la fixer dans une mémoire légendaire des origines. Les personnages correspondent à la composition de la cellule familiale vécue par Camus enfant. Les motifs de la mère « étrange », de son « indifférence » silencieuse, de son incapacité à exprimer son amour à un enfant « négligé » mais pas « abandonné » s'y imposent déjà. L'enfant semble moins souffrir de la pauvreté et de la tyrannie d'une grand-mère autoritaire que de « la tristesse de cette vie sans amour ». À partir de ce texte matriciel, la veine du quartier pauvre, constamment convoquée dans les *Carnets* de l'époque, se développe dans un manuscrit composé de cinq récits, *Les Voix du quartier pauvre*, dédicacé et offert par Camus à sa première femme, Simone Hié, en décembre 1934. Enfin, dans le cadre d'un immense travail de recherche, Jacqueline Lévi-Valensi a rassemblé, parmi des textes épars, une dizaine de pages rédigées entre 1934 et 1936 : l'ébauche d'un roman à la troisième personne mais d'inspiration autobiographique qui aurait pu avoir pour titre *Louis Raingeard*, du nom attribué au personnage principal. Il s'agit pour beaucoup d'une réécriture, parfois mot pour mot, des *Voix du quartier pauvre*.

« L'Ironie » et « Entre oui et non » constituent donc la quatrième voie d'exploration de cette mémoire des origines. Et c'est toujours à partir de cette matière narrative essentielle que le jeune écrivain cherche la forme la plus adaptée à ce qu'il veut exprimer : *Les Voix du quartier pauvre* cherchent à mettre à distance la force du souvenir en jouant justement sur la diversité des voix narratives — quatre au total, une pour chaque récit. Intitulé « La Voix de la femme qui ne pensait pas », le premier texte reprend le thème fondateur de la mère indifférente au monde, mais il ne lui donne pas la parole : c'est au contraire le silence de cette voix maternelle qu'évoque un « nous » non identifié, chargé de dérouler un récit dans lequel intervient un enfant. Celui-ci, double fidèle de celui qu'évoque « Entre oui et non », réapparaît dans l'ébauche suivante sous le nom de « Louis Raingeard » et surtout esquisse la figure de Jacques Cormery dans *Le Premier Homme*. Le choix narratif adopté par l'essai « Entre oui et non » — « Je pense à un enfant qui vécut... » — représente donc un compromis par rapport aux deux tentatives purement romanesques. En introduisant un narrateur à la première personne, l'écrivain autorise la voix distanciée d'un observateur à parler indirectement et, sans le nommer, de l'enfant qu'il fut, en tirant de son histoire des leçons universelles.

Dans « L'Ironie », le regroupement de trois récits déjà écrits dans *Les Voix du quartier pauvre* puis dans *Louis Raingeard* et commentés cette fois par un observateur à la première personne est encore plus complexe. Le premier récit est une réécriture de « La voix de la vieille femme qu'on abandonnait pour aller au cinéma » : Camus feint d'y introduire un effet de réel en utilisant en ouverture la première personne et une référence temporelle — « il y a deux ans » — aussi artificielle et improbable que le sera le fameux « Aujourd'hui maman est morte » qui ouvre *L'Étranger*. Mais son propos reste distancié, relayé par le point de vue d'un jeune homme mis en scène comme le témoin compatissant de cette déréliction. Le deuxième récit, tiré de la « Voix de l'homme qui était né pour mourir », transforme le narrateur-observateur en témoin d'une déchéance. Il intègre à son récit des remarques généralisantes sur la vieillesse qui en étaient détachées dans le texte source, puis associées à l'histoire « d'un vieil oncle inconscient » dans *Louis Raingeard*. Quant au troisième récit dominé par le motif de la grand-mère méchante, il a pour source unique *Louis Raingeard*.

En réunissant ces trois portraits négatifs de vieillards dans une série qui les transforme en figures exemplaires, l'essayiste fait glisser au second plan les éléments autobiographiques. Rien ne permet au lecteur de deviner que le point de vue du narrateur sur cette grand-mère comédienne est aussi celui du petit-fils : il devra attendre la lecture du *Premier Homme* pour le savoir. Autant de tâtonnements qui attestent la volonté de faire coexister dans un même écrit la voix du romancier et celle du moraliste. Camus, on le sait, avait pensé intituler « Intervalle » l'essai fondamental devenu « Entre oui et non ». Tout indique que le refus de choisir entre l'envers et l'endroit du monde recouvre un autre « intervalle », une hésitation entre le récit et l'essai.

3. *Expérience du voyage et itinéraire spirituel*

Passant de sources très anciennes à des sources proches, les deux essais « Amour de vivre » et « La Mort dans l'âme » sont nés, comme en témoignent les *Carnets* de Camus, de réflexions tirées de voyages de peu antérieurs à leur écriture. Mais ils figurent dans le recueil dans un ordre inversé par rapport à leur déroulement chronologique : l'itinéraire décrit par « La Mort dans l'âme » et qui conduit Camus d'Europe centrale en Italie (1936) est presque contemporain de l'écriture. Il précède dans le recueil la méditation d'« Amour de vivre » qui surgit des images recueillies pendant le voyage aux Baléares de 1935 et restituées plus tard dans les *Carnets*. Cette inversion affiche nettement la volonté de subordonner le récit à l'essai, mais aussi de traduire une évolution intérieure : l'expérience douloureuse de Prague, vécue par le narrateur-voyageur dans « La Mort dans l'âme », contraste avec la plénitude de l'épisode italien relaté à la fin du même essai. La confrontation de l'envers et de l'endroit dans un même être qui en est à la fois le sujet, le narrateur et le commentateur, structure le récit. Dans un parallélisme rigoureux, les éléments autobiographiques sont strictement contrôlés : le sentiment d'étrangeté ressenti par le narrateur de l'épisode pragois et le décor du récit relèvent déjà de l'absurde. L'extase à Vicence traduit la forme lucide de consentement lyrique à la beauté d'un monde sans espérance et sans créateur. Elle correspond donc à une étape spirituellement ultérieure dont « Amour de vivre » rend compte : Camus y affirme son adhésion totale à une vision méditerranéenne de la vie qui combine le « Nada » de la tragédie avec les paysages de soleil, et « l'amour de vivre » avec « le désespoir de vivre ».

Si le long récit de voyage est très construit, « Amour de vivre » fait alterner une série de scènes avec les étapes d'une méditation qui les transforme en symboles dans cette volonté de penser par des images qui ne quittera jamais Camus. Postérieures d'un an au voyage lui-même, les notes des *Carnets* de janvier 1936 sur les Baléares, partiellement reprises dans « Amour de vivre », annoncent clairement la volonté de définir le sens du voyage : « Il n'y a pas de plaisir à voyager. J'y verrais plutôt une ascèse. » Et il précise que l'arrachement du voyageur à ses habitudes le rend à la fois craintif et « poreux ». Dans ces pages, les éléments narratifs et les images ne sont là que pour le sens qu'on peut en dégager ; il faut noter qu'aucune clausule ironique ne vient en inquiéter la ferveur lyrique, contrairement à ce qui se passe dans tous les autres essais. Comme pour brouiller la piste de l'imprudent attaché à saisir la genèse de l'œuvre, le dernier essai s'inscrit intellectuellement dans le prolongement d'« Amour de vivre ». Mais il fait appel à des textes antérieurs très divers : parce qu'il est le dernier et donne son titre au recueil, il est surdéterminé, comme le premier, par l'ironie dégagée par le narrateur de l'anecdote « absurde » du tombeau. Mais il trouve sa source dans un long extrait des *Carnets* (janvier 1936) où rôde encore l'ombre du quartier pauvre, et dans différentes remarques notées les mois suivants. En combinant des sources anciennes et des réflexions récentes, ce texte de clôture absorbe ainsi des images renvoyées par une mémoire très ancienne pour les intégrer à la vision lucide qui éclaire la leçon finale : « Je me regarde naître. À cette heure, tout mon royaume est de ce monde. » Cette formule n'est pas nouvelle : elle donnait son titre à un des chapitres de *Louis Raingeard*, on la retrouvera dans l'obsession de Jacques Cormery, le « premier homme » entraîné dans une double quête originelle, celle du père absent qui a laissé si peu de traces et celle de sa propre naissance.

2.

« Une source jamais tarie »

1. *Le sens d'une préface*

Pendant qu'il travaille sur *L'Envers et l'Endroit*, Camus, qui ne parle jamais à son propos de vocation littéraire mais « d'envie d'écrire », note : « Il me faut écrire comme il me faut nager parce que mon corps l'exige » (*Carnets*, 1936). Et s'il est déçu quelques mois plus tard, comme l'atteste une lettre de juillet 1937 adressée à son ami Jean de Maisonseul, par l'accueil presque indifférent accordé par la critique, il reconnaît les défauts de son texte. Mais il ajoute : « Même si certaines pages sont bien écrites, c'est mon cœur et ma chair qui ont écrit et pas mon intelligence. »

Faut-il voir dans cette confidence la raison pour laquelle, près de vingt ans plus tard, l'écrivain choisit de donner à la réédition de ce texte de jeunesse une préface aussi importante ? Camus vient alors de définir la place de l'artiste dans le monde et face à l'histoire dans le Discours de Suède prononcé un an auparavant pour la remise du prix Nobel de littérature (1957). Attaqué avec une violence sans équivalent au moment où il a reçu cette récompense, il n'a pas connu pour les six nouvelles de *L'Exil et le Royaume* (1957), œuvre mystérieuse encore méconnue aujourd'hui et qui fait déjà écho à *L'Envers et l'Endroit*, le même succès que pour *La Chute* (1956). Tout indique qu'en revenant sur ses textes de jeunesse, pierres fondatrices de son identité d'homme et d'écrivain, Camus conçoit cette préface comme un véritable art poétique.

2. *La reviviscence d'un projet créateur*

En même temps, ce retour aux sources prend la forme d'un programme de travail : face aux polémistes qui considèrent ironiquement comme « terminée » l'œuvre d'un quadragénaire miné par une santé désastreuse et une profonde crise intérieure, Camus désigne *L'Envers et l'Endroit* comme le lieu d'un défi et d'une renaissance créative en déclarant : « Si, malgré tant d'efforts pour édifier un langage et faire vivre des mythes, je ne parviens pas un jour à récrire *L'Envers et l'Endroit*, je ne serai jamais parvenu à rien, voilà ma conviction obscure. » Et il tient parole : les questions « Qui suis-je ? » et « Que puis-je faire ? » que posent devant l'envers du monde les dernières pages de *L'Envers et l'Endroit* viennent, quelques mois plus tard, justifier l'écriture du *Premier Homme*. En concevant un roman de large ampleur — ce qu'il n'a pas fait depuis *La Peste* —, en intégrant dans une narration à la troisième personne les éléments autobiographiques, glissés en arrière-plan dans les essais de 1937 et précisés par une véritable enquête menée sur les lieux de son enfance en 1958, Camus commence à réaliser un programme que sa mort précoce interrompt.

À la lumière de cette préface, le lecteur d'aujourd'hui est pris dans un étrange effet de miroir : le texte encore inabouti de 1937 se reflète dans le manuscrit inachevé de 1960. Les images obsédantes saisies « à mi-distance de la misère et du soleil » dans *L'Envers et l'Endroit* sont entièrement retravaillées dans *Le Premier Homme*. Après une longue attente justifiée par le statut particulier de ce premier jet d'écriture, l'épiphanie éditoriale, en 1994, de ce qui devait être l'ouverture d'un « grand roman » envisagé depuis longtemps dans les *Carnets* bouleverse le lecteur. En revenant à la quête d'identité et aux brûlures de l'enfance qui hantent les essais de jeunesse, *Le Premier Homme* accélère et prolonge l'interrogation de celui qui se voyait naître à la fin de *L'Envers et l'Endroit*. Mais cette réitération n'est pas ressassement : libéré de la retenue et de la sécheresse du discours philosophique, c'est à un projet esthétique ambitieux qu'il s'attaque pour remplir le contrat signé avec lui-même dans la préface à *L'Envers et l'Endroit* : « Le jour où l'équilibre s'établira entre ce que je suis et ce que je dis […], je pourrai bâtir l'œuvre dont je rêve. »

Il s'agit d'écrire un « roman direct » et de renoncer à l'ironie « éthique » que l'écrivain cultivait jusqu'à *La Chute* qui, pourtant, en donnait à voir les impasses. Seule une forme romanesque pure peut dire l'aventure de ce *Premier Homme*, né sans passé, d'une mère sans parole, sur une terre lumineuse à l'histoire improbable.

3. L'Envers et l'Endroit *et ses migrations dans l'œuvre camusienne*

Ce n'est pas sans raison qu'avant même d'avoir entrepris la rédaction du *Premier Homme* Camus considère *L'Envers et l'Endroit* comme le point d'où rayonnent tous ses écrits. Quelques exemples le prouvent, à commencer par *L'Étranger*. Le silence entre une mère « étrange » et son fils et l'opacité irrémédiable de leur relation y fonde l'enchaînement des conduites et des jugements absurdes comme pour donner un corps romanesque à l'aveu en sourdine de « Entre oui et non » : « À se sentir étranger, il prend conscience de sa peine. » Le mythe de la communication impossible entre mère et fils réapparaît dans *Le Malentendu*. Si le silence d'une mère aimante est positif dans *La Peste*, il prend un aspect tragique dans la relation douloureuse de l'artiste « solitaire et solidaire » avec les siens dans la nouvelle « Jonas ou l'artiste au travail ». Tout au long de l'œuvre, la figure maternelle demeure une image symbolique et oxymorique : en elle repose la permanence de la vie humaine plus forte que le dialogue impossible entre les êtres. Elle incarne aussi par une présence que *Le Premier Homme* sacralise la relation avec la terre natale où l'on ne peut s'enraciner que dans le tombeau, autre motif récurrent de la mythologie camusienne. Enfin, dès *Louis Raingeard*, la mère est le « symbole vivant » qui renvoie au « parfum de cette pauvreté » qui devient sagesse : celle de celui qui convertit une pauvreté sans excès en « vertu de générosité ».

Toujours sur le mode antithétique, « La Mort dans l'âme » préfigure la répartition mythique des lieux selon Camus : entre le Prague sinistre du texte et l'Amsterdam de *La Chute*, une ville qui est elle-même présentée comme nostalgique de la Grèce, la parenté est évidente. De même, la célébration de la lumière italienne à Vicence et à Fiesole dans les *Carnets* préfigure l'union avec le monde chanté avec lyrisme dans *Noces*.

Elle fait écho au prologue de « La Mer au plus près » écrit au début des années 1950 et repris dans *L'Été* : « J'ai grandi dans la mer et la pauvreté m'a été fastueuse... », corrélé au thème de l'exil que plusieurs nouvelles de *L'Exil et le Royaume* approfondissent. Le contraste entre ombre et lumière, appelé à habiter toute l'œuvre, s'impose de façon concertée dans plusieurs nouvelles, comme « Amour de vivre » où la signification symbolique des images est directement revendiquée : la méditation s'y déploie dans trois décors : le cadre nocturne d'un cabaret bruyant, la sérénité diurne d'un cloître, le consentement crépusculaire dans un port à la plénitude précaire de cet amour pour le monde. Enfin, le motif du soleil comme symbole de lucidité et de mort y prend clairement la place qu'il occupera dans *La Mort heureuse,* le roman non publié qui précède *L'Étranger*. En écrivant : « Le grand courage, c'est encore de tenir les yeux ouverts sur la lumière comme sur la mort », Camus fait déjà écho à l'aphorisme à venir de son ami René Char : « La lucidité est la blessure la plus rapprochée du soleil. »

Sur *Le Premier Homme* :

Le Premier Homme, La Bibliothèque Gallimard, 2005.

Pierre-Louis REY, *Le Premier Homme d'Albert Camus*, Gallimard, « Foliothèque », 2008.

Groupement de textes

Contempler le monde : entre envers et endroit

QU'ELLE SOIT PHILOSOPHIQUE OU POÉTIQUE, la contemplation du monde a été longtemps tributaire en littérature de représentations de l'univers harmonieuses ou du moins propices à la présence de l'homme. Après les grands récits religieux célébrant la cohérence d'un univers né de la volonté divine, le rationalisme cartésien et l'idéal des Lumières laïcisent progressivement cette vision un peu trop rassurante. Ils la remplacent cependant par un autre mythe optimiste, celui du progrès qui, porté par l'évolution des sciences et l'élan du savoir, entraînerait continûment l'espèce humaine vers le bonheur. Mais ce consentement lyrique, mystique, parfois tourmenté, à la beauté du monde est rapidement mis à mal dès le XIXe siècle par les avatars du progrès scientifique, industriel et technique. Le doute, la mort des croyances religieuses signalée par Nietzsche, la critique du rationalisme, la remise en question des morales collectives au bénéfice d'un individu émancipé par rapport aux conformismes sociaux, s'installent avant même le chaos successif des deux conflits mondiaux. C'est alors la notion de civilisation elle-même qui est frappée d'indécision : de quel œil regarder le monde quand le relativisme scientifique a congédié l'idée d'une « nature » généreuse, quand les idéologies sécrètent la violence, quand les guerres réveillent en l'homme une part d'inhumain incontrôlable et meurtrière ? Avant et après les deux guerres mondiales, tout au long d'un XXe siècle tragique malgré lui, hanté par la précarité de sa culture et la toute-puissance de la mort, c'est en quête d'un nouvel humanisme que les écrivains se présentent devant la beauté du monde pour en interroger l'ambiguïté : entre envers et endroit, entre exil et royaume, entre solitude et multitude, entre angoisse et ferveur, c'est sa place dans un univers qui ne répond plus à aucune finalité que vient chercher l'homme. Il est certes libéré des conceptions essentialistes du monde, mais aussi jeté, sur le mode pascalien, dans un espace privé de sens manifeste où, réduit à sa seule existence, il affronte le vide et la solitude. Mais quel que soit le regard porté, lyrique, mélancolique, détaché, pessimiste, esthétisant, la contemplation du monde reste quelque part un acte qui relève du sacré.

André GIDE (1869-1961)

Les Nourritures terrestres (1899)

(Éditions Gallimard, repris en « Folio » n° 117)

La contemplation du monde pour André Gide, « insoumis » face aux exigences de la morale protestante dans laquelle il a été élevé, prend la forme d'une libération par le voyage. Orchestrée comme un vaste poème en prose en huit livres, la quête d'un personnage impatient de s'abandonner au monde pour y trouver « le goût délicieux qu'a la vie si brève de l'homme »,

Ménalque, se présente comme une sorte d'évangile esthétisant du bonheur païen. Accompagné sur le mode polyphonique par des figures pastorales de bergers qui exaltent une vie libérée de toutes ses entraves, Ménalque s'adresse à un disciple imaginaire, le petit pâtre Nathanaël invité à suivre ses préceptes. Dans le récit qui suit, extrait du livre VI, Ménalque présente ses voyages successifs comme les étapes d'un itinéraire libérateur, ouvert à la recherche sans contraintes de tous les plaisirs, et le rejet de tous les cadres sociaux, familiaux, moraux. Mais si la contemplation du monde invite à l'hédonisme, elle n'en comporte pas moins une forme de morale fondée sur la disponibilité, le renoncement à toutes les attaches et une forme de dénuement : cette indifférence aux attaches matérielles et temporelles, concrétisée ici par une série de départs et d'abandons, représente pour Gide le seul moyen de conserver ce qui justifie sa présence au monde et le protège du vieillissement : la ferveur.

Avec ma fortune réalisée, je frétai d'abord un navire, emmenant avec moi sur la mer trois amis, des hommes d'équipe et quatre mousses. Je m'épris du moins beau. Mais même à la douceur de ses caresses, je préférais la contemplation des grands flots. J'entrai dans des ports fabuleux, au soir, et les quittais avant l'aurore ayant cherché parfois toute la nuit de l'amour. Je connus à Venise une courtisane extrêmement belle ; je l'aimai trois nuits car après, j'oubliais tant elle était belle, les délices de mes autres amours. Ce fut à elle que je vendis ou que je donnai mon navire.

J'habitai quelques mois dans un palais du lac de Côme, où les musiciens les plus doux s'assemblèrent. [...]

L'an d'après, j'étais dans un immense parc en Vendée, non loin des plages. Trois poètes ont chanté l'accueil que je leur fis en ma demeure ; ils parlaient aussi des étangs avec les poissons et les plantes, des avenues de peupliers, des chênes isolés et des bouquets de frênes, de la belle ordonnance du parc. Lorsque l'automne vint, je fis abattre les plus grands arbres et me plus à dévaster ma demeure. Rien ne dira l'aspect du parc où vaguait notre société nombreuse, errant dans les allées où j'avais laissé l'herbe croître. On entendait d'un bout à l'autre des avenues les coups de hache des bûcherons. Les robes s'accrochaient en branches en travers des routes. L'automne s'éployant sur les arbres couchés fut splendide. Une telle magnificence s'y posait, que longtemps je ne pus penser à rien d'autre et je reconnus là ma vieillesse.

J'ai depuis occupé un chalet dans les Hautes-Alpes ; un palais blanc à Malte, près du bois parfumé de Cita Vecchia, où les citrons ont l'acide douceur des oranges ; une calèche errante en Dalmatie ; et ce jardin présentement sur la colline de Florence, celle qui fait face à Fiesole, où je vous ai ce soir assemblés.

Ne me dites pas trop que je dois aux événements mon bonheur ; évidemment ils me furent propices, mais je ne me suis pas servi d'eux. Ne croyez pas que mon bonheur soit fait à l'aide de richesses ; mon cœur sans nulle attache sur la terre est resté pauvre, et je mourrai facilement. Mon bonheur est fait de ferveur. À travers indistinctement toute chose, j'ai éperdument adoré.

Jean GRENIER (1898-1971)

Les Îles (1933)

(Éditions Gallimard, repris dans « L'Imaginaire »)

Tout aussi sensible que Gide à la beauté et à la lumière des paysages méditerranéens, Jean Grenier, maître d'Albert Camus, ne les contemple pas sur le mode de l'exaltation. Comme son élève, il est déjà libéré « des bandelettes de la morale » et n'a pas besoin de chanter « les fruits de la terre ». L'évocation des îles réelles qui compose ces essais recouvre une allégorie des moments de solitude pendant lesquels il a observé le monde dans un double mouvement de bonheur et de lucidité. Tel le Rousseau de la cinquième promenade des Rêveries du promeneur solitaire *qui, réfugié dans l'île de Bienne et confronté au malheur absolu, renaît dans une sorte de présence à lui-même ineffable, Grenier atteint la plénitude dans la contemplation du monde. L'expérience demeure ambivalente, elle prend la forme d'un double consentement : le rejet des apparences, la joie de se trouver au centre des choses n'arrachent celui qui vit cette vérité existentielle ni à la solitude ni au tragique de sa condition. Le lyrisme de Grenier n'en demeure pas moins nimbé d'un profond idéalisme que ne partagera pas son disciple.*

Mais la suprême félicité que Rousseau croit avoir trouvée sur le lac de Bienne et qu'il décrit si bien comme « un état simple et permanent » ne peut-elle passer plutôt pour un engourdissement ? Rousseau essaie de se cacher sa misère et de sa mort. Il me semble que la suprême félicité pour certaines âmes (que je ne puis qu'admirer) ne se sépare pas du tragique : elle en est le sommet. Au moment où le tumulte d'une passion atteint son paroxysme, à ce moment il se fait dans l'âme un grand silence. […]
Quand je vivais à Naples, j'allais tous les matins à la villa Floridiana qui surplombe le golfe et je flânais en fumant des cigarettes jusqu'à l'heure où sonnait midi. Ces heures d'oisiveté m'ont rempli plus que les heures fiévreuses de Paris. Quel dommage que dans un décor si poignant, tout le monde, ou presque, soit en ce siècle occupé à travailler. Qu'on travaille à Paris, à Londres, passe encore. Mais partout où règnent perpétuellement le soleil et la mer, il faut se contenter de jouir, de souffrir et d'exprimer. À quoi bon remuer la boue de la planète quand on demeure au centre des choses ? Et lorsque lentement sonnaient les coups de midi et que tonnait le canon du fort Saint-Elme, un sentiment de plénitude, non pas un sentiment de bonheur, mais un sentiment de présence réelle et totale, comme si toutes les fissures de l'être étaient bouchées, s'emparait de moi et de tout ce qui était autour de

moi. De tous côtés affluaient des torrents de lumière et de joie qui de vasque en vasque tombaient pour se figer dans un océan sans bords. En ce moment (le seul), je m'acceptais par la seule adhésion de mes pieds au sol, de mes yeux à la lumière. Et au même moment sur tous les rivages de la Méditerranée, du haut de toutes les terrasses de Palerme, de Ravello, de Raguse et d'Amalfi, d'Alger et d'Alexandrie, de Patras et de Stamboul, de Smyrne et de Barcelone, des milliers d'hommes étaient comme moi, retenant leur souffle et disant : Oui. Et je pensais que si le monde sensible n'est qu'un tissu léger d'apparences, un voile de chimères changeantes que la nuit nous déchirons et que notre douleur essaie en vain de balayer, il est pourtant des hommes qui, les premiers à en souffrir, reforment ce voile, reconstruisent ces apparences et font rebondir la vie universelle qui sans cet élan quotidien se tarirait quelque part comme une source perdue dans la campagne.

On me parle, je me parle à moi-même de carrière à poursuivre, d'œuvre à créer... un but enfin, avoir un but. Mais ces instances n'atteignent pas ce qu'il y a de profond en moi. Le but, je l'ai atteint à certaines minutes et de nouveau il me semble (espoir presque toujours trompé) que je puis l'atteindre. Mon but ne dépend pas du temps.

Et pourtant je n'ai pu l'atteindre que dans les plus humbles conditions et par un entier effet de la grâce. Ainsi un jour, étant monté à pied avec un ami jusqu'à Ravello, qui domine la Méditerranée de ses palais normands et byzantins, je connus, sans que j'y fusse aucunement préparé, une plénitude. Étendu à plat ventre sur les dalles de la terrasse Cimbrone, je me laissais pénétrer par les jeux de la lumière sur les marbres. Mon esprit se perdait dans les jeux de cette transparence, de cette résistance, puis il se retrouvait tout entier. Il me semblait assister à ce spectacle devant lequel s'égarent toutes les intelligences : à une naissance, la mienne. Un autre être ? Pourquoi un autre ? Et il me semblait que je commençais alors seulement *d'exister.*

Gabriel AUDISIO (1900-1978)

Jeunesse de la Méditerranée, (1935)

(Éditions Gallimard)

Pour l'écrivain et poète Gabriel Audisio, Marseillais fasciné par l'Afrique du Nord où il passe une partie de sa carrière de fonctionnaire, la contemplation du monde méditerranéen est le lieu d'une méditation humaniste. Profondément confiant dans la rencontre des cultures orientale et occidentale, il voit dans la Méditerranée une allégorie de sa vision optimiste du monde. La sagesse méditerranéenne est symbolisée pour lui par la figure complexe et intelligente d'Ulysse caractérisée par son énergie et sa capacité d'invention. Jeunesse de la Méditerranée *exerce une forte influence sur le petit groupe de débutants algérois réunis autour d'Edmond Charlot auquel se joint le jeune Camus. Dans la variation poétique qu'il propose ici, « les contrastes qui font un caractère » et « les conflits qui font une âme » animent de façon quasi magique les nuits d'Alger entre innocence et turbulence, misère et opulence, « envers et endroit ». Comme le jeune Camus, il croit à une fusion des deux cultures et vivra assez longtemps pour en ressentir cruellement l'échec.*

Il n'y a pas, dans Alger, que les beaux soirs pleins d'éclats sous les encorbellements des rues arabes, les nuits où la chaude sérénité de la nuit africaine répand je ne sais quelle volupté baudelairienne. La ville doit autre chose aux transmutations nocturnes. Alors nous ne sommes plus les mêmes ni le monde :

le règne du fantastique commence. Les heures se succèdent, et chacune a son âme. D'abord l'heure des fêtes et des boutiques achalandées, puis l'heure des devantures closes, des ivrognes, des assassins, des oiseaux criards. Vient ensuite celle des grandes innocences et puretés, du vide absolu : les lampes achèvent de se consumer, pas même un cri de locomotive, un appel de sirène en détresse ne retentit ; c'est l'heure où les chaussures désertées de leurs formes humaines bâillent aux portes des chambres d'hôtel, simulacre d'éternité.

Nulle ville plus qu'Alger n'est féconde en pareils mirages. Ici, un Arabe grelottant de fièvre, sordide en ses burnous, quémande on ne sait quelle boisson ou quelle aumône : c'est un murmure qui passe et qui s'en va. Là, des tirailleurs dans les casemates, accompagnés du tambourin, se balancent et psalmodient inlassablement la formule du « Rasoul Allah » sur trois notes aux tout petits intervalles toujours descendus et toujours remontés...

[...] Et le port ? Dans son désert une étonnante vie fourmille. Il semble qu'on soit seul, car après le coucher du soleil on a vu les nageurs s'habiller, les pêcheurs laver les palangres dans les coufettes, les navigateurs assurer les aussières, et tout le monde s'en aller : pourtant la vie nocturne des môles commence. Il semble qu'on soit seul mais des êtres et des ombres d'êtres se forment de toutes parts, avec des charmes pervers et soudains. Il naît des présences. Les jeunes chalutiers, conduits par cette étoile qui brille dans leur hauban, filent au large. Une barque, lentement, sort de l'ombre mouillée, traverse un chenal de lumière, et l'on entend les mauresques couchées au fond qui gloussent d'amour. Les phares, si pénibles, tournent mal, l'un comme un cœur saignant, l'autre comme l'ovale spasmodique d'un sexe vert, et l'on voit sous la vitre un thorax de squelette.

De chaque bloc émerge un mauvais garçon qui plonge

dans l'eau des rêves, un pêcheur qui cale son filet à la recherche de son âme, une fille qui se donne au chant d'un guitariste, une gardienne de hangars en mal de rôdeurs avec son falot et son revolver. [...] Que le vent du Sud souffle alors et dissipe les maléfices ! Que le jour arrive, et tout redevient pur. Alger, comme Vénus. C'est l'heure du chant d'Amyntas : « Salut, matin plein de sourires ! »

Jean GIONO (1895-1970)

Les Vraies Richesses (1936)

(Grasset-Fasquelle, 1937, repris dans « Les Cahiers rouges »)

L'univers romanesque de Jean Giono est inséparable d'une communion avec la nature exprimée dans ses premiers romans à la fois bucoliques et panthéistes. « Le monde est là. J'en fais partie. Je n'ai d'autre but que de le comprendre et le goûter avec mes sens », écrit-il dans un de ses premiers textes. Sa prose naturellement inventive demeure lyrique dans l'essai Les Vraies Richesses *où il célèbre, ici à travers une métaphore agraire, le lien entre l'homme et la nature. L'optimisme de ce « chant du monde » en forme d'hymne à la solidarité entre l'homme et le monde développant une utopie de la vie paysanne a enthousiasmé la jeunesse de l'époque malgré la naïveté voire l'ambiguïté qu'on lui a très vite reprochée.*

Dès que l'aube éclaire les champs, lève-toi et regarde ta solitude. Autour de toi, s'élargit le terrain de ta joie et de ton noble travail. Ne t'inquiète pas du silence et de l'absence de bruits humains. Ainsi tous les matins, tu entendras le renard qui s'éloigne dans le retrait de la nuit, le souple envolement du faucon, le cri de l'alouette, les chevaux qui tapent du pied dans l'écurie. Tu vas apprendre peu à peu à être un homme. Tu vas voir que ça signifie être le contraire de ce qu'on t'a appris à être. Tu seras d'abord dérouté par cette force qui tend à te donner la connaissance de toi-même et qui, dès l'abord, commence par te placer à ta place naturelle. Tu n'es plus au moyeu de la roue mais dans la roue, et tu tournes avec elle. À chaque moment, les horizons que tu avais l'habitude de voir immobiles chavirent autour de toi comme à la naissance de l'univers. C'est que maintenant l'univers est en train de naître autour de toi et qu'il t'emporte dans sa naissance. Au moment même où tu prononces le mot de solitude, tu entends les appels d'innombrables compagnons. Solitude était devenu un mot terrible, il imaginait les frontières de tout et voilà que tu te sens déjà mélangé au ciel qui s'éclaire, à l'oiseau qui vole, à la nuit qui se retire en entraînant ses renards. Les systèmes philosophiques ne s'essayaient qu'à te perfectionner dans la connaissance de toi-même. Les efforts qu'on faisait pour tout expliquer et tout ordonner par rapport à toi t'avaient donné une orgueilleuse idée de ta position dans le monde. Tu croyais être le moyeu à partir duquel s'écarte la roue des choses ; comme tu ne pouvais le concevoir que dur et compact, tu t'imaginais toi-même dur et compact et ainsi tu le devenais car l'imagination construit et tes limites se resserraient autour de toi. (Je te ferai comprendre plus tard que le moyeu du monde peut être constitué par une matière de faible densité. La densité est une notion « purement » humaine. Bételgeuse qui illumine les nuits a une densité un million de fois plus petite que celle de l'air ; des vents la parcourent, des poussières d'astres la pénètrent et elle est toute bouillonnante des tempêtes des noirs intervalles ; elle nous apparaît cependant dans le ciel comme un clou d'or.) Tu étais enfermé dans ta peau. Tu te rendais de plus en plus imperméable. Tu te flattais d'être une énorme densité. Mais les lois du monde t'obligeaient à l'obéissance. Nul ne peut vivre séparé de son milieu. Tu avais détruit tes yeux, tes oreilles, ta bouche, le pouvoir de ton corps, la sensibilité de ta peau, bouché tous les corridors de ta chair. Il ne te restait plus pour prendre contact que ton intelligence. Instinctivement tu savais que te séparer c'est mourir, tu as adoré ton intelligence qui te permettait encore de joindre et ainsi de persister.

Claude VIGÉE (né en 1921)

« Vers Canaan »,

Le Soleil sous la mer (1972)

(Flammarion)

Poète de l'exil, Claude Vigée a traduit dans une œuvre poétique importante sa quête d'un royaume qui n'est pas uniquement « de ce monde », comme celui de Camus, mais empreint d'une inquiétude biblique profonde. Après une enfance heureuse dans une famille juive installée dans la région alsacienne du « Ried » dont les paysages imprègnent ses poèmes, il est contraint à l'exil par le malheur qui s'acharne sur son peuple. Partagé entre trois patries, les États-Unis où il s'est réfugié pendant la guerre de 1939-1945, la terre promise d'Israël où il revient enseigner à Tel-Aviv et l'Alsace de son enfance, il l'est aussi entre trois langues et creuse dans ses poèmes la blessure d'un impossible retour « vers Canaan ». Pour lui, la contemplation du monde n'est jamais totalement sereine : évoquant la désillusion éprouvée au moment de son retour en Israël, ce poème met en évidence un retournement existentiel dans la conscience du poète. Lorsqu'il écrit : « Bientôt revient l'exil et brève est la patrie », il affirme son consentement à la permanence en lui d'un sentiment très camusien d'exil intérieur. Angoissant, ce sentiment est aussi porteur d'une éternelle promesse ancrée dans la tradition judaïque, celle d'un désir jamais assouvi, d'une attente toujours douloureuse et toujours féconde. Le « poème du retour » n'est donc pas celui de l'enracinement dans la patrie rêvée mais dans l'exil lui-même, entre envers et endroit. Et pour Claude Vigée, si le royaume de Canaan demeure inaccessible, l'acceptation lucide de l'exil n'exclut pas le bonheur.

> Toute terre est exil,
> Toute langue étrangère,
> Après tant de détours,
> Après tant d'inutile errance,
> Et riche seulement d'oubli, ô ma jeunesse amère,
> Te voilà revenue à la rivière empoisonnée
> Où tu buvais la ruine avec l'eau trouble des naissances.
> Incline-toi sur son miroir : visage de l'absente,
> Chaque parole est fuite et feuille sans racine,
> Chaque oiseau proie du ciel, et privé d'origine.
>
> « Ceci est le pays que j'ai juré de vous donner,
> À vous et à vos fils, tant que le sable durera :
> Un désert qui s'étend à perte de mémoire,
> Rivant au continent de sel les marais de l'enfance.
> Planète inhabitée et des vents l'apanage,
> Un Royaume d'échos sera votre héritage. »
> Ce qui reste. Le souvenir, la stèle ou la parole.
> Surgissements d'absence.
> Tout est manifesté : visage et sépulture,
> Les mains, la voix, le sexe et le nom sur la pierre,
> Parole du silence. Ici comme là-bas
> Nous serons apparus : lumière des décombres,
> En voie d'effacement.
> À l'hôpital civil
> Ce matin, au départ, ta mère à la fenêtre
> Est une ombre déjà : deux orbites béantes.
> Sur la plaine ensablée, un coucou pour l'eau morte
> D'un bois d'acacias lourd d'orages muets

Tait le beau pays noir où flambent les genêts.
Dans le tonnerre bas les arbres crient silence : Silence,
Silence,
Au fond du parc qu'étouffe un bâillon de brouillard,
Ce dimanche de mai plein d'hymnes luthériens
  […]

Chronologie

Albert Camus et son temps

1.

« À mi-distance de la misère et du soleil » (1913-1935)

1. *« J'ai grandi dans la mer et la pauvreté m'a été fastueuse »*

L'enfance d'Albert Camus est loin de ressembler à cet âge d'or où, dans une certaine tradition littéraire, se joue une vocation d'écrivain. Elle se déroule dans le clair-obscur d'une histoire et d'une géographie dont le poids symbolique surdétermine toute son œuvre. Au seuil d'un siècle dont tous les bouleversements résonneront en lui, il naît le 7 novembre 1913, sous la menace de la Première Guerre mondiale, sur les « terres sans passé » de l'Algérie colonisée. Son père, ouvrier caviste dans une exploitation agricole, à Mondovi, dans l'Italie piémontaise, ramène sa famille à Alger avant d'être absorbé par la tragédie de l'Histoire : mobilisé en métropole, il meurt à Saint-Brieuc dès les premiers mois de la guerre de 1914. L'enfant est alors confronté au double silence de son père mort « au champ d'honneur », comme le signale ironiquement *L'Envers et l'Endroit*, et de sa mère, timide et illettrée, revenue « docilement » vivre chez sa propre mère dans le quartier populaire de Belcourt, à Alger. Pendant que Catherine Camus-Sintès fait des ménages pour faire vivre ses enfants, le jeune Albert, élevé sous la férule d'une grand-mère « rude et dominatrice », partage les plaisirs simples de la plage, des jeux et du football avec ses camarades et vit dans la complicité avec un oncle sourd et presque muet, ouvrier tonnelier qui l'emmène à la chasse. Il est très vite conscient, dès cette époque, de l'injustice liée à sa pauvreté, mais aussi des « vraies richesses » que lui accorde la beauté de sa terre natale inondée de soleil. Le soutien d'un instituteur exemplaire, le mythique M. Germain qui repère rapidement ses dons, lui permet de préparer le concours des bourses et lui ouvre les portes de l'enseignement secondaire au lycée Bugeaud à Alger. La découverte de la littérature dans la bibliothèque d'un oncle aisé et l'influence en classe de philosophie de son professeur Jean Grenier n'empêchent pas « l'absurde » de s'inviter dans l'existence d'un jeune homme qui a « envie d'écrire » : dès le mois de décembre 1930, la tuberculose l'atteint sévèrement. Soigné à l'hôpital, puis installé chez son oncle, il lit, écrit, reprend ses études au lycée puis en hypokhâgne avec pour professeur de lettres Paul Mathieu, mais sa maladie, jamais totalement guérie, pèse rudement sur son avenir : en 1939, le rejet par la commission médicale de son dossier d'inscription lui interdira de se présenter à l'agrégation de philosophie, handicap qui lui vaudra plus tard la méfiance, voire le mépris, des milieux intellectuels parisiens.

2. *De* La Douleur *à l'écriture*

Lecteur précoce de Gide, puis de Proust, de Nietzsche et de bien d'autres, l'apprenti écrivain publie des textes de critique littéraire dans la revue d'étudiants *Sud*. C'est pourtant la découverte sur le conseil de Grenier d'un écrivain peu connu, André de Richaud, qui l'aide à concrétiser son projet d'écriture : il trouve dans *La Douleur*, avec l'évocation de ses propres obsessions — la mère et la pauvreté —, le moyen de « dénouer des liens obscurs » et rédige toute une série de textes autobiographiques ou oniriques et, dès 1933, une nouvelle qui a été perdue. Le recueil d'essais *Les Îles*, de son maître Jean Grenier, joue un rôle catalyseur dans ses premières tentatives littéraires tandis que ses études de philosophie à la faculté des lettres d'Alger sont ponctuées et parfois interrompues par de fréquents séjours à l'hôpital. Un réseau d'amitiés durables avec le sculpteur Louis Bénisti, ses condisciples Max-Pol Fouchet, Claude de Fréminville et l'éditeur algérois de vingt et un ans Edmond Charlot l'accompagne dans ces débuts difficiles où se pose aussi la question de sa survie matérielle : il occupe divers petits emplois. La jeune femme qu'il épouse précocement, Simone Hié, est la dédicataire de ses premiers écrits *Le Livre de Mélusine* et *Les Voix du quartier pauvre*. Et l'écriture de *L'Envers et l'Endroit* est déjà bien avancée en 1935, quand, après une nouvelle attaque de tuberculose, Camus célèbre sa renaissance au bord de la mer, dans les ruines de Tipasa. De ses épousailles dionysiaques avec le monde naîtra un peu plus tard l'essai lyrique *Noces* (1939).

> 1913 Naissance d'Aimé Césaire en Martinique.
> 1914 Bataille de la Marne (septembre).
> 1918 Signature du traité de Versailles après quatre ans de guerre.
> 1927 Marcel Proust, *Le Temps retrouvé.*
> 1931 Faulkner, *Sanctuaire.*
> 1933 André Malraux, *La Condition humaine.*
> 1934 Paul Valéry, *Inspirations méditerranéennes* (conférence).

2.

« Des révoltes pour tous […] pour que la vie de tous soit élevée dans la lumière » (1935-1942)

1. *Théâtre, « amour de vivre » et littérature*

Après avoir adhéré sous l'influence de Jean Grenier — pour une courte période — au parti communiste (1935), Camus fonde le « Théâtre du Travail » avec quelques amis qui partagent son idéal : un engagement artistique mais aussi social, plus actif que déclaratif et auquel il ne renoncera jamais. La représentation aux Bains Padovani d'une adaptation du *Temps du mépris* de Malraux précède de peu l'interdiction d'un autre projet collectif, *Révolte dans les Asturies*, par le maire d'Alger. Diplômé en philosophie pour un travail sur Plotin et saint Augustin en 1936, Camus écrit un des essais majeurs de *L'Envers et l'Endroit* peu après un voyage en Europe et sa séparation d'avec Simone Hié, incapable « de se défaire de son habitude de la drogue ». Réfugié avec un groupe d'amis dans une sorte de phalanstère, la « Maison devant le monde », qui, face à la baie d'Alger, est irradiée par la lumière, Camus enchaîne les pièces de théâtre. Il structure le groupe d'écrivains réunis autour d'Edmond Charlot en prononçant une conférence sur « la nouvelle culture méditerranéenne » et publie *L'Envers et l'Endroit* (1937). Entre l'ébauche inaboutie d'un roman, *La Mort heureuse*, des voyages mémorables en Italie ou dans le sud de la France et les productions du « Théâtre de l'Équipe » qui a succédé au « Théâtre du Travail », Camus multiplie les activités. En 1938, il joue le rôle d'Ivan Karamazov dans une adaptation de l'œuvre de Fédor Dostoïevski peu avant une rencontre décisive avec Pascal Pia, rédacteur en chef du nouveau journal *Alger républicain* dont la ligne éditoriale demeure fidèle au programme du Front populaire : le journalisme offre ainsi au jeune écrivain refusé par l'université une alternative professionnelle. Rédacteur et chroniqueur littéraire, il publie en 1939, au moment où paraît *Noces* et où il prépare son essai sur l'absurde, une série de onze articles, « Misère de la Kabylie », et des comptes rendus de procès qui mettent en lumière la situation réelle des Algériens de souche.

2. « *Plus tard, j'écrirai un livre qui sera une œuvre d'art* »

Tandis que Camus journaliste rend compte de *La Nausée* de Jean-Paul Sartre (1938) et rencontre André Malraux, l'écrivain conçoit sa pièce *Caligula* et entreprend la rédaction de *L'Étranger* dans un climat marqué par la précarité de sa situation et par l'absurdité de l'histoire. Peu après la déclaration de guerre, *Alger républicain* devenu *Soir républicain* est interdit par la censure et Camus, tel Sisyphe, hante les deux rives de la Méditerranée à la recherche d'un emploi : secrétaire de rédaction à *Paris-Soir,* il accompagne son journal à Lyon après la défaite de 1940 et y épouse une jeune Oranaise, Francine Faure. Le 21 février 1941, à Oran où le couple s'est réfugié et survit en enseignant, Camus écrit dans ses *Carnets* « Terminé Sisyphe. Les trois Absurdes sont achevés » : il s'agit de la « trilogie » composée de *L'Étranger, Le Malentendu* et *Le Mythe de Sisyphe.* Dans l'ennui oranais, tandis que sévit une épidémie de typhus qui influencera *La Peste,* le manuscrit de *L'Étranger,* soutenu par l'enthousiasme de Malraux, est accepté par le comité de lecture de Gallimard et publié en mai 1942, peu avant *Le Mythe de Sisyphe.* Camus est alors surpris, dans la retraite du Chambon-sur-Lignon où il se repose, par le débarquement allié en Afrique du Nord et, en France, par l'occupation de la zone dite libre par les armées allemandes (décembre 1942). Coupé pendant deux ans de toute sa famille, et notamment de sa femme, repartie à Oran pour enseigner, Camus travaille à *La Peste.* Et, par un paradoxe qui deviendra un des motifs récurrents de son œuvre, l'épanouissement de sa vocation littéraire correspond à une période difficile sur le plan personnel : entre Saint-Étienne et Lyon, capitale de la Résistance, sur fond d'incertitude et de maladie, il rencontre Elsa Triolet et Aragon, puis Sartre et Simone de Beauvoir et, grâce au succès de *L'Étranger* auprès d'un public restreint mais averti, accède à la reconnaissance des milieux littéraires. Devenu lecteur chez Gallimard, il a pour longtemps quitté Alger, qui restera toujours pour lui « la ville du bonheur ».

1936 Victoire du Front populaire aux élections. Accords de Matignon, qui instituent notamment la semaine de quarante heures et deux semaines de congés payés ; début de la guerre civile en Espagne. Aragon, *Les Beaux Quartiers*.
1938 Annexion de l'Autriche et accords de Munich après la crise germano-tchèque.
1938 Jean-Paul Sartre, *La Nausée*.
1939 Aimé Césaire, *Cahier d'un retour au pays natal*.
1940 Défaite et occupation de la France.

3.

« Puis j'ai perdu la mer, tous les luxes alors m'ont paru gris » (1942-1960)

1. *Écrivain, dramaturge, journaliste*

Tout en participant à la rédaction du journal clandestin *Combat* où il assiste puis remplace son ami Pascal Pia, Camus rédige les *Lettres à un ami allemand* et vit à Paris où sont publiées en 1944 ses deux pièces, *Caligula* et *Le Malentendu*. Hébergé dans le studio d'André Gide, rue Vaneau, il vit la création du *Malentendu* dans la fièvre du débarquement allié en Normandie. La pièce, interprétée par Maria Casarès, actrice d'origine espagnole qui restera jusqu'à sa mort sa muse et l'incarnation de son rapport intime à la Méditerranée, est rapidement retirée de l'affiche avant que *Caligula* ne connaisse le succès un an plus tard, en révélant notamment le talent de Gérard Philipe. Entre-temps, Camus donne à *Combat* une série d'éditoriaux qui feront date et s'engage dans une polémique sur l'épuration avec François Mauriac. Il est aussi, en mai 1945, le seul journaliste à alerter l'opinion dans *Combat* sur les conséquences possibles de la répression sanglante des massacres de Sétif dans huit articles prophétiques sur l'Algérie. Père de jumeaux en septembre 1945, Camus devient chez Gallimard, la même année, directeur de la collection « Espoir » où il publie les *Feuillets d'Hypnos* de son ami René Char et une œuvre de Simone Weil. Après avoir pris des distances significatives avec le courant existentialiste, il abandonne progressivement ses activités à *Combat*, puis achève *La Peste* qui devient à sa publication, en 1947, son premier grand succès de librairie.

2. « *En vingt années de vie littéraire, mon métier m'a apporté bien peu de joies* »

Comme l'attestent certains textes mélancoliques rédigés à cette époque et reliés « au chant aveugle et grave » de l'Algérie originelle, repris dans *L'Été* (1954) ou *L'Exil et le Royaume* (1957), Camus vit la notoriété comme un piège. Il est comme le Jonas, « l'artiste au travail » d'une de ses nouvelles, hanté par le vertige de la page blanche. « Solitaire et solidaire », il mûrit la réflexion qui aboutira à *L'Homme révolté* (1951) tout en subissant l'échec de sa pièce *L'État de siège* (1948). Après le succès relatif des *Justes* (1949) qui pose la question des dérives totalitaires et meurtrières de l'action révolutionnaire, il met au point théoriquement dans *L'Homme révolté* la notion de « révolte ». Mais cet essai parfois déroutant apparaît comme une critique insupportable de la vulgate marxiste et des utopies révolutionnaires chères au clan sartrien qui déchaîne ses foudres contre un écrivain depuis longtemps suspect aux yeux de l'intelligentsia. Bien avant que l'Histoire n'ait donné raison à l'analyse du penseur Camus, l'écrivain, trop artiste, trop doué, trop naturellement séduisant et inspiré pour apparaître comme un « vrai » philosophe, est placé au cœur d'une polémique qui atteint violemment l'homme affaibli par diverses épreuves, dont la maladie. Dans ce contexte difficile, l'embrasement brutal de l'Algérie et son installation dans un conflit durable ébranlent rudement Camus. L'espoir que Pierre Mendès France trouve une solution équitable au conflit dont il a senti la dimension fratricide le conduit à rejoindre pendant deux ans l'équipe de *L'Express* et à multiplier les initiatives discrètes pour mettre un terme à la violence avec ses amis d'Algérie, Emmanuel Roblès et Jean de Maisonseul. Il écrit ainsi dans *L'Express* :

> Il faut, avant toute chose, ramener la paix en Algérie. Non par les moyens de la guerre, mais par une politique qui tienne compte des causes profondes de la tragédie actuelle. Le terrorisme, en effet, n'a pas mûri tout seul ; il n'est pas le fruit du hasard et de l'ingratitude malignement conjugués.

Mais, face à l'échec du projet de trêve civile qui le ramène à Alger en 1956 pour un manifeste et une réunion qui arrivent trop tard pour mettre un terme à l'engrenage de la violence et de la torture, le fils d'Alger se condamne au silence. L'écrivain reprend alors la parole dans un récit intitulé *La Chute* (1956) : le ton apparemment cynique de cette « confession » recouvre une remise en cause de lui-même et de la sphère intellectuelle qui l'a toujours rejeté en englobant tout le monde dans le sentiment d'une culpabilité universelle. Le succès considérable du texte n'est cependant pas confirmé par la publication du recueil de nouvelles *L'Exil et le Royaume* auquel il devait être primitivement rattaché.

3. « *La gloire est un couvent* »

Loin d'apporter à Camus le réconfort qu'il aurait pu en attendre, l'attribution du prix Nobel de littérature en octobre 1957 ravive la polémique et suscite des attaques d'une violence peu compréhensible. Alors que la guerre d'Algérie résonne en métropole et déchaîne les passions dans un pays véritablement divisé, Camus est vivement attaqué pour une réponse sur la justice donnée à un étudiant algérien qui l'interpelle à Stockholm. Dans un silence alourdi par l'accueil indifférent réservé à ses *Chroniques algériennes* en 1958, l'écrivain revient à ses sources en voyageant en Grèce, en retrouvant à Alger sa terre natale et ses anciens amis et, en ouverture à la réédition de *L'Envers et l'Endroit*, s'assigne un programme de travail. Au cours de longs séjours dans la maison achetée à Lourmarin, « frère Albert » élabore *Le Premier Homme* dans un élan continu interrompu seulement par les exigences d'une de ses passions les plus anciennes, la scène. Camus n'a, en effet, jamais renoncé au théâtre et met dans la bouche de Jean-Baptiste Clamence, dans *La Chute*, l'aveu : « Le théâtre que j'ai aimé d'une passion sans égale [est] est un des seuls endroits du monde où je me sente innocent. » Il a créé en 1953 le festival d'Angers, pour lequel il monte *La Dévotion à la Croix* de Calderón et *Le Chevalier d'Olmedo* de Lope de Vega. En 1956, il adapte *Requiem pour une nonne* de William Faulkner et, dans la dernière année de sa vie, consacre beaucoup d'énergie à la création de son adaptation des *Possédés* de Dostoïevski, à Paris, en janvier 1959. Tandis qu'on lui attribue le désir de prendre la direction d'une salle parisienne, il écrit dans ses *Carnets* : « Le théâtre au moins m'aide » et suit, de Lourmarin, la tournée de la pièce. Au cours de sa dernière apparition publique, un entretien avec les étudiants étrangers d'Aix-en-Provence, accordé peu avant l'accident de voiture qui lui coûte la vie en janvier 1960, aux côtés de son ami Michel Gallimard qui n'y survivra pas non plus, il dit : « Je ne suis pas sûr d'être un intellectuel. Quant au reste, je suis pour la gauche, malgré moi et malgré elle. »

Plus de cinquante ans après sa mort, trente-quatre ans après la publication du *Premier Homme*, les lecteurs ont tranché : l'œuvre, une des plus lues et des plus commentées en France et dans le monde, s'est imposée avant tout comme celle d'un artiste.

1943 Paul Éluard, *Les Sept Poèmes d'amour en guerre*.
1944 Débarquement allié en Normandie et libération de la France.
1948 René Char, *Fureur et Mystère*.
1954 Début de l'insurrection algérienne (1er novembre). Simone de Beauvoir, *Les Mandarins*.
1959 Autodétermination en Algérie.

Éléments pour une fiche de lecture

Regarder le tableau

- Quelle est la palette utilisée par le peintre ? Quel effet produit la couleur de fond ?
- Gauguin a fait un portrait en peinture : faites, en une dizaine de lignes, le portrait écrit de cette femme à partir de tous les éléments que vous remarquez.
- Il s'agit, vous le savez, du portrait de la mère de l'artiste ; quelques éléments traduisent la liberté qu'a prise le peintre pour s'éloigner du pur réalisme. Lesquels ?

Du titre aux textes

- Relevez, dans l'ensemble des cinq essais, les images qui renvoient à « l'envers » du monde. Regroupez-les sur le plan thématique et poétique. Quelles variations dans les tonalités observez-vous ?
- Relevez parallèlement les images qui évoquent « l'endroit ». Sont-elles toutes lyriques ?
- Comment, dans « Amour de vivre », la proximité entre l'exil et le royaume, entre l'envers et l'endroit, s'exprime-t-elle ?

- Dans les parties narratives de chaque essai, relevez les situations absurdes. Comparez-les à d'autres scènes de ce type rencontrées dans d'autres œuvres de Camus que vous pouvez avoir lues, par exemple *L'Étranger*, *La Peste*, *La Chute*. Quelles différences observez-vous dans le passage de l'essai au roman ? Quel est l'effet produit sur le lecteur ?
- Étudiez dans l'ensemble de l'œuvre le thème de l'indifférence.
- « Pour Camus, l'absurde, c'est cette agonie interminable, injustifiée, qui accompagne l'homme tout au long de son chemin terrestre », écrit le poète Claude Vigée à propos de *L'Envers et l'Endroit*. Votre lecture du recueil confirme-t-elle ce jugement ?

Décors et personnages

- À partir des descriptions du monde méditerranéen (Algérie, Italie, Espagne et Baléares), proposées par l'œuvre, montrez comment Camus construit son propre mythe de la mer et de la civilisation.
- Relevez dans les passages narratifs de « La Mort dans l'âme » les indices spatiotemporels susceptibles de créer un « effet de réel ». Quelles conclusions tirez-vous de cette observation ?
- Comparez les décors de « La Mort dans l'âme » avec ceux de *La Chute*. Quelles différences observez-vous dans l'utilisation symbolique des images ?
- Relevez dans les parties narratives les motifs et les types de personnages récurrents. En vous appuyant sur la préface de 1958 au début de l'ouvrage, comment comprenez-vous leur rôle dans la signification d'ensemble de l'essai ?

Genre, forme, tons

- Camus avait initialement prévu d'intituler le premier essai « Le Courage ». Pourquoi, selon vous ? Dans un développement rédigé, vous essaierez de montrer pourquoi il avait choisi ce titre et pour quelle raison il l'a modifié en appelant ce texte « L'Ironie ».
- Dans le deuxième essai, « Entre oui et non », étudiez l'alternance entre :
    — les aphorismes,
    — les passages lyriques,
    — les commentaires du narrateur,
  Parmi ces modes d'expression, lequel est dominant ?
- Étudiez dans cet essai également le jeu des temps verbaux dans les passages narratifs. Quelle est l'impression produite ?
- Parmi les cinq textes du recueil, relevez ceux qui s'apparentent le plus au genre de la nouvelle. Justifiez votre point de vue.
- Omniprésente dans l'œuvre de Camus, la figure de la mère apparue dans « Entre oui et non » réapparaît dans *Le Premier Homme*, ébauche de roman à la troisième personne (partie I, chapitre 5 notamment). Quel effet ce changement énonciatif produit-il sur la représentation de ce personnage clé ?

La contemplation du monde entre envers et endroit : lyrisme, angoisse et ironie

- Classez les cinq textes du groupement de textes (p. 133) en fonction du type de rapport au monde qu'ils expriment : célébration, inquiétude, communion, détachement.

- Définissez, dans le texte de Gide, la morale de la disponibilité prônée par l'auteur des *Nourritures terrestres* en analysant les termes employés par le personnage de Ménalque pour définir les jalons de sa quête.
- Étudiez dans le texte d'Audisio la façon dont l'auteur traite sur le mode lyrique des images antithétiques. À quel aspect de l'esthétique baudelairienne fait-il allusion ? Quelle leçon tire-t-il de sa vision nocturne de la ville d'Alger ? Dans quel registre d'écriture le texte glisse-t-il ?
- En vous fondant, dans le texte de Grenier, sur une comparaison entre la rêverie de Jean Grenier et celle de Camus dans « La Mort dans l'âme » (deuxième partie), « Amour de vivre » et « L'Envers et l'Endroit », vous dégagerez successivement :
    — les thèmes et motifs communs aux deux textes,
    — la façon dont Camus reprend certains éléments de sa méditation de l'auteur des *Îles*,
    — comment il les adapte à sa propre vision du monde.
- Relevez et analysez, dans le texte de Giono, les termes de la métaphore filée qui se déploie dans le passage. Quel rapport entre l'homme et le monde induit-elle ?
- Relevez, dans le dernier texte, les thèmes communs à l'univers de Claude Vigée et à celui d'Albert Camus. Quelle différence fondamentale percevez-vous dans leur perception respective des notions d'« exil » et de « royaume » ? Justifiez votre réponse.

Travaux d'écriture

- **Commentaire composé :**

Après avoir étudié les moyens stylistiques qui permettent au texte de glisser de la méditation à l'évocation d'un souvenir, vous rédigerez le commentaire composé du passage (p. 41) depuis « Et me voici rapatrié... » jusqu'à « à troubler le silence ».

- **Dissertations :**

« Toute mon œuvre est ironique », écrit Albert Camus dans ses *Carnets* (1950). En confrontant votre lecture de *L'Envers et l'Endroit* à celle des autres œuvres de Camus, vous donnerez votre opinion personnelle sur ce jugement.

« Chaque artiste garde ainsi, au fond de lui, une source unique qui alimente pendant sa vie ce qu'il fait et ce qu'il dit », écrit Camus dans la préface de *L'Envers et l'Endroit* (1958). Après avoir identifié cette source dans l'œuvre, vous discuterez ce point de vue en prenant appui sur des exemples précis.

- **Écriture d'invention :**

Réécrivez à la première personne sous forme de monologue intérieur la méditation et les réflexions du jeune homme témoin de l'abandon de la vieille femme dans le premier récit de « L'Ironie ».

DANS LA MÊME COLLECTION

Collège

Combats du XXe siècle en poésie (anthologie) (161)
Mère et fille (Correspondances de Mme de Sévigné, George Sand, Sido et Colette) (anthologie) (112)
Poèmes à apprendre par cœur (anthologie) (191)
Poèmes pour émouvoir (anthologie) (225)
Les récits de voyage (anthologie) (144)
La Bible (textes choisis) (49)
Fabliaux (textes choisis) (37)
Les quatre frères Aymon (208)
Schéhérazade et Aladin (192)
La Farce de Maître Pathelin (146)
Gilgamesh et Hercule (217)
ALAIN-FOURNIER, *Le grand Meaulnes* (174)
JEAN ANOUILH, *Le Bal des voleurs* (113)
Marcel AYMÉ, Ray BRADBUR, Dino BUZZATI, *3 nouvelles sur le temps* (240)
Honoré de BALZAC, *L'Élixir de longue vie* (153)
Henri BARBUSSE, *Le Feu* (91)
Joseph BÉDIER, *Le Roman de Tristan et Iseut* (178)
Lewis CARROLL, *Les Aventures d'Alice au pays des merveilles* (162)
Blaise CENDRARS, *Faire un prisonnier* (235)
Samuel de CHAMPLAIN, *Voyages au Canada* (198)
CHRÉTIEN DE TROYES, *Le Chevalier au Lion* (2)
CHRÉTIEN DE TROYES, *Lancelot ou le Chevalier de la Charrette* (133)
CHRÉTIEN DE TROYES, *Perceval ou Le Conte du Graal* (195)
COLETTE, *Dialogues de bêtes* (36)
Joseph CONRAD, *L'Hôte secret* (135)
Pierre CORNEILLE, *Le Cid* (13)

DANS LA MÊME COLLECTION

Roland DUBILLARD, *La Leçon de piano et autres diablogues* (160)

Alexandre DUMAS, *La Tulipe noire* (213)

ÉSOPE, Jean de LA FONTAINE, Jean ANOUILH, *50 Fables* (186)

Georges FEYDEAU, *Feu la mère de Madame* (188)

Georges FEYDEAU, *Un Fil à la patte* (226)

Gustave FLAUBERT, *Trois Contes* (6)

Romain GARY, *La Promesse de l'aube* (169)

Théophile GAUTIER, *3 contes fantastiques* (214)

Jean GIONO, *L'Homme qui plantait des arbres + Écrire la nature* (anthologie) (134)

Nicolas GOGOL, *Le Nez. Le Manteau* (187)

Wilhelm et Jacob GRIMM, *Contes* (textes choisis) (72)

Ernest HEMINGWAY, *Le vieil homme et la mer* (63)

HOMÈRE, *Odyssée* (18)

Victor HUGO, *Claude Gueux* suivi de *La Chute* (15)

Victor HUGO, *Jean Valjean (Un parcours autour des* Misérables*)* (117)

Victor HUGO, *L'intervention* (236)

Thierry JONQUET, *La Vie de ma mère !* (106)

Charles JULIET, *L'Année de l'éveil* (243)

Joseph KESSEL, *Le Lion* (30)

Jean de LA FONTAINE, *Fables* (34)

J. M. G. LE CLÉZIO, *Mondo et autres histoires* (67)

Gaston LEROUX, *Le Mystère de la chambre jaune* (4)

Jack LONDON, *Loup brun* (210)

Guy de MAUPASSANT, *12 contes réalistes* (42)

Guy de MAUPASSANT, *Boule de suif* (103)

MOLIÈRE, *Les Fourberies de Scapin* (3)

MOLIÈRE, *Le Médecin malgré lui* (20)

MOLIÈRE, *Trois courtes pièces* (26)

MOLIÈRE, *L'Avare* (41)

DANS LA MÊME COLLECTION

MOLIÈRE, *Les Précieuses ridicules* (163)
MOLIÈRE, *Le Sicilien ou l'Amour peintre* (203)
MOLIÈRE, *Le Malade imaginaire* (227)
Alfred de MUSSET, *Fantasio* (182)
Alfred de MUSSET, *Les Caprices de Marianne* (245)
George ORWELL, *La Ferme des animaux* (94)
OVIDE, *Les métamorphoses* (231)
Amos OZ, *Soudain dans la forêt profonde* (196)
Louis PERGAUD, *La Guerre des boutons* (65)
Charles PERRAULT, *Contes de ma Mère l'Oye* (9)
Edgar Allan POE, *6 nouvelles fantastiques* (164)
Jacques PRÉVERT, *Paroles* (29)
Jules RENARD, *Poil de Carotte* (66)
Antoine de SAINT-EXUPÉRY, *Vol de nuit* (114)
Mary SHELLEY, *Frankenstein ou le Prométhée moderne* (145)
John STEINBECK, *Des souris et des hommes* (47)
Robert Louis STEVENSON, *L'Étrange Cas du docteur Jekyll et de M. Hyde* (53)
Jean TARDIEU, *9 courtes pièces* (156)
Michel TOURNIER, *Vendredi ou La Vie sauvage* (44)
Fred UHLMAN, *L'Ami retrouvé* (50)
Jules VALLÈS, *L'Enfant* (12)
Paul VERLAINE, *Fêtes galantes* (38)
Jules VERNE, *Le Tour du monde en 80 jours* (32)
H. G. WELLS, *La Guerre des mondes* (116)
Oscar WILDE, *Le Fantôme de Canterville* (22)
Richard WRIGHT, *Black Boy* (199)
Marguerite YOURCENAR, *Comment Wang-Fô fut sauvé et autres nouvelles* (100)
Émile ZOLA, *3 nouvelles* (141)

DANS LA MÊME COLLECTION

Lycée

Série Classiques

Anthologie du théâtre français du xxe siècle (220)
Écrire sur la peinture (anthologie) (68)
Les grands manifestes littéraires (anthologie) (175)
L'intellectuel engagé (anthologie) (219)
La poésie baroque (anthologie) (14)
Le sonnet (anthologie) (46)
L'Encyclopédie (textes choisis) (142)
Guillaume APOLLINAIRE, *Alcools* (238)
Honoré de BALZAC, *La Peau de chagrin* (11)
Honoré de BALZAC, *La Duchesse de Langeais* (127)
Honoré de BALZAC, *Le roman de Vautrin* (Textes choisis dans *La Comédie humaine*) (183)
Honoré de BALZAC, *Le père Goriot* (204)
Honoré de BALZAC, *La Recherche de l'absolu* (224)
René BARJAVEL, *Ravage* (95)
Charles BAUDELAIRE, *Les Fleurs du mal* (17)
BEAUMARCHAIS, *Le Mariage de Figaro* (128)
Aloysius BERTRAND, *Gaspard de la nuit* (207)
André BRETON, *Nadja* (107)
Albert CAMUS, *L'Étranger* (40)
Albert CAMUS, *La Peste* (119)
Albert CAMUS, *La Chute* (125)
Albert CAMUS, *Les Justes* (185)
Louis-Ferdinand CÉLINE, *Voyage au bout de la nuit* (60)
René CHAR, *Feuillets d'Hypnos* (99)
François-René de CHATEAUBRIAND, *Mémoires d'outre-tombe* — « livres IX à XII » (118)
Driss CHRAÏBI, *La Civilisation, ma Mère !...* (165)
Albert COHEN, *Le Livre de ma mère* (45)

DANS LA MÊME COLLECTION

Benjamin CONSTANT, *Adolphe* (92)
Pierre CORNEILLE, *Le Menteur* (57)
Pierre CORNEILLE, *Cinna* (197)
Denis DIDEROT, *Paradoxe sur le comédien* (180)
Madame DURAS, *Ourika* (189)
Marguerite DURAS, *Un barrage contre le Pacifique* (51)
Marguerite DURAS, *La Douleur* (212)
Marguerite DURAS, *La Musica* (241)
Paul ÉLUARD, *Capitale de la douleur* (126)
Annie ERNAUX, *La place* (61)
Gustave FLAUBERT, *Madame Bovary* (33)
Gustave FLAUBERT, *Écrire Madame Bovary (Lettres, pages manuscrites, extraits)* (157)
André GIDE, *Les Faux-Monnayeurs* (120)
André GIDE, *La Symphonie pastorale* (150)
Victor HUGO, *Hernani* (152)
Victor HUGO, *Mangeront-ils ?* (190)
Victor HUGO, *Pauca meae* (209)
Eugène IONESCO, *Rhinocéros* (73)
Sébastien JAPRISOT, *Un long dimanche de fiançailles* (27)
Charles JULIET, *Lambeaux* (48)
Franz KAFKA, *Lettre au père* (184)
Eugène LABICHE, *L'Affaire de la rue de Lourcine* (98)
Jean de LA BRUYÈRE, *Les Caractères* (24)
Pierre CHODERLOS DE LACLOS, *Les Liaisons dangereuses* (5)
Madame de LAFAYETTE, *La Princesse de Clèves* (39)
Louis MALLE et Patrick MODIANO, *Lacombe Lucien* (147)
André MALRAUX, *La Condition humaine* (108)
MARIVAUX, *L'Île des Esclaves* (19)
MARIVAUX, *La Fausse Suivante* (75)
MARIVAUX, *La Dispute* (181)

DANS LA MÊME COLLECTION

Guy de MAUPASSANT, *Le Horla* (1)
Guy de MAUPASSANT, *Pierre et Jean* (43)
Guy de MAUPASSANT, *Bel ami* (211)
Herman MELVILLE, *Bartleby le scribe* (201)
MOLIÈRE, *L'École des femmes* (25)
MOLIÈRE, *Le Tartuffe* (35)
MOLIÈRE, *L'Impromptu de Versailles* (58)
MOLIÈRE, *Amphitryon* (101)
MOLIÈRE, *Le Misanthrope* (205)
MOLIÈRE, *Les Femmes savantes* (223)
Michel de MONTAIGNE, *Des cannibales + La peur de l'autre* (anthologie) (143)
MONTESQUIEU, *Lettres persanes* (56)
MONTESQUIEU, *Essai sur le goût* (194)
Alfred de MUSSET, *Lorenzaccio* (8)
Irène NÉMIROVSKY, *Suite française* (149)
OVIDE, *Les Métamorphoses* (55)
Blaise PASCAL, *Pensées (Liasses II à VIII)* (148)
Pierre PÉJU, *La petite Chartreuse* (76)
Daniel PENNAC, *La fée carabine* (102)
Georges PEREC, *Quel petit vélo à guidon chromé au fond de la cour ?* (215)
Luigi PIRANDELLO, *Six personnages en quête d'auteur* (71)
Francis PONGE, *Le parti pris des choses* (170)
L'abbé PRÉVOST, *Manon Lescaut* (179)
Marcel PROUST, *Un amour de Swann* (246)
Raymond QUENEAU, *Zazie dans le métro* (62)
Raymond QUENEAU, *Exercices de style* (115)
Pascal QUIGNARD, *Tous les matins du monde* (202)
François RABELAIS, *Gargantua* (21)
Jean RACINE, *Andromaque* (10)
Jean RACINE, *Britannicus* (23)

DANS LA MÊME COLLECTION

Jean RACINE, *Phèdre* (151)
Jean RACINE, *Mithridate* (206)
Jean RACINE, *Bérénice* (228)
Rainer Maria RILKE, *Lettres à un jeune poète* (59)
Arthur RIMBAUD, *Illuminations* (193)
Edmond ROSTAND, *Cyrano de Bergerac* (70)
SAINT-SIMON, *Mémoires* (64)
Nathalie SARRAUTE, *Enfance* (28)
William SHAKESPEARE, *Hamlet* (54)
SOPHOCLE, *Antigone* (93)
STENDHAL, *La Chartreuse de Parme* (74)
Michel TOURNIER, *Vendredi ou les limbes du Pacifique* (132)
Vincent VAN GOGH, *Lettres à Théo* (52)
VOLTAIRE, *Candide* (7)
VOLTAIRE, *L'Ingénu* (31)
VOLTAIRE, *Micromégas* (69)
Émile ZOLA, *Thérèse Raquin* (16)
Émile ZOLA, *L'Assommoir* (140)
Émile ZOLA, *Au bonheur des dames* (232)
Émile ZOLA, *La Bête humaine* (239)

Série Philosophie

Notions d'esthétique (anthologie) (110)
Notions d'éthique (anthologie) (171)
ALAIN, *44 Propos sur le bonheur* (105)
Hannah ARENDT, *La Crise de l'éducation*, extrait de *La Crise de la culture* (89)
ARISTOTE, *Invitation à la philosophie (Protreptique)* (85)
Saint AUGUSTIN, *La création du monde et le temps —* « Livre XI, extrait des *Confessions* » (88)

DANS LA MÊME COLLECTION

Walter BENJAMIN, *L'œuvre d'art à l'époque de sa reproductibilité technique* (123)

Émile BENVENISTE, *La communication*, extrait de *Problèmes de linguistique générale* (158)

Albert CAMUS, *Réflexions sur la guillotine* (136)

René DESCARTES, *Méditations métaphysiques* — « 1, 2 et 3 » (77)

René DESCARTES, *Des passions en général*, extrait des *Passions de l'âme* (129)

René DESCARTES, *Discours de la méthode* (155)

Denis DIDEROT, *Le Rêve de d'Alembert* (139)

Émile DURKHEIM, *Les règles de la méthode sociologique* — « Préfaces, chapitres 1, 2 et 5 » (154)

ÉPICTÈTE, *Manuel* (173)

Michel FOUCAULT, *Droit de mort et pouvoir sur la vie*, extrait de *La Volonté de savoir* (79)

Sigmund FREUD, *Sur le rêve* (90)

Thomas HOBBES, *Léviathan* — « Chapitres 13 à 17 » (111)

David HUME, *Dialogues sur la religion naturelle* (172)

François JACOB, *Le programme* et *La structure visible*, extraits de *La logique du vivant* (176)

Emmanuel KANT, *Des principes de la raison pure pratique*, extrait de *Critique de la raison pratique* (87)

Emmanuel KANT, *Idée d'une histoire universelle au point de vue cosmopolitique* (166)

Étienne de LA BOÉTIE, *Discours de la servitude volontaire* (137)

G. W. LEIBNIZ, *Préface aux Nouveaux essais sur l'entendement humain* (130)

Claude LÉVI-STRAUSS, *Race et histoire* (104)

Nicolas MACHIAVEL, *Le Prince* (138)

Nicolas MALEBRANCHE, *La Recherche de la vérité* — « De l'imagination, 2 et 3 » (81)

DANS LA MÊME COLLECTION

MARC AURÈLE, *Pensées* — « Livres II à IV » (121)

Karl MARX, *Feuerbach. Conception matérialiste contre conception idéaliste* (167)

Maurice MERLEAU-PONTY, *L'Œil et l'Esprit* (84)

Maurice MERLEAU-PONTY, *Le cinéma et la nouvelle psychologie* (177)

John Stuart MILL, *De la liberté de pensée et de discussion*, extrait de *De la liberté* (122)

Friedrich NIETZSCHE, *La « faute », la « mauvaise conscience » et ce qui leur ressemble (Deuxième dissertation)*, extrait de *La Généalogie de la morale* (86)

Friedrich NIETZSCHE, *Vérité et mensonge au sens extra-moral* (168)

Blaise PASCAL, *Trois discours sur la condition des Grands et six liasses extraites des Pensées* (83)

PLATON, *La République* — « Livres 6 et 7 » (78)

PLATON, *Le Banquet* (109)

PLATON, *Apologie de Socrate* (124)

PLATON, *Gorgias* (159)

Jean-Jacques ROUSSEAU, *Discours sur l'origine et les fondements de l'inégalité parmi les hommes* (82)

Baruch SPINOZA, *Lettres sur le mal* — « Correspondance avec Blyenbergh » (80)

Alexis de TOCQUEVILLE, *De la démocratie en Amérique I* — « Introduction, chapitres 6 et 7 de la deuxième partie » (97)

Simone WEIL, *Les Besoins de l'âme*, extrait de *L'Enracinement* (96)

Ludwig WITTGENSTEIN, *Conférence sur l'éthique* (131)

Composition Nord Compo.
Impression Novoprint, à Barcelone, le 14 août 2023.
Dépôt légal : août 2023.
Premier dépôt légal dans la collection : mai 2013.

ISBN 978-2-07-045073-2 / Imprimé en Espagne.

616955